（美）黛安·史丹佛 ■著

吴 林 常晶晶 谭 莹 ■译

# 求职千招灵

## 找工作的 *988* 条秘诀

青岛出版社

QINGDAO PUBLISHING HOUSE

**图书在版编目(CIP)数据**

求职千招灵:找工作的988条秘诀/(美)黛安·史丹佛著;吴林,常晶晶,谭莹译.—青岛:青岛出版社,2009.1

ISBN 978 - 7 - 5436 - 4402 - 1

Ⅰ.求… Ⅱ.①黛…②吴… Ⅲ.职业选择—基本知识

Ⅳ.G913.2

中国版本图书馆 CIP 数据核字(2008)第 186389 号

本书中文简体版权由作者 Diane Stafford 授权。

山东省版权局版权登记号:图字 15 - 2007 - 020 号。

| | |
|---|---|
| 书　　名 | **求职千招灵:找工作的 988 条秘诀** |
| 著　　者 | (美)黛安·史丹佛 |
| 译　　者 | 吴　林　常晶晶　谭　莹 |
| 出版发行 | 青岛出版社 |
| 社　　址 | 青岛市徐州路 77 号(266071) |
| 本社网址 | http://www.qdpub.com |
| 邮购电话 | 13335059110　0532 - 80998664 |
| 责任编辑 | 郭东明　程兆军 |
| 装帧设计 | 青岛出版设计中心 |
| 照　　排 | 青岛新华出版照排有限公司 |
| 印　　刷 | 青岛星球印刷有限公司 |
| 出版日期 | 2009 年 1 月第 1 版　2009 年 1 月第 1 次印刷 |
| 开　　本 | 16 开(710mm×1000mm) |
| 印　　张 | 14.5 |
| 字　　数 | 200 千 |
| 书　　号 | ISBN 978 - 7 - 5436 - 4402 - 1 |
| 定　　价 | 22.00 元 |

**编校质量、盗版监督免费服务电话　8009186216**

青岛版图书售后如发现质量问题,请寄回青岛出版社印刷物资处调换。
电话:0532 - 80998826

# 前　　言

　　你热爱自己的工作吗？你是否为壮志难酬而郁郁寡欢？你是否依然无业可就,对神秘莫测的"求职"惴惴不安？

　　终日为生计而奔波的确令人意绪索然。梦想中的工作是称心如意、充满激情、老板慈善、同事也不乏情趣的,当然大把的银子也是必不可少的。如果你现在无以为生,当然要早觅新的机遇。

　　我们已经习惯于搜寻招聘广告和求职网站,外面的世界如此精彩,谁还愿意在一个地方终老一生呢？"跳槽"这个词已经过时了,那些曾经被认为是心浮气躁和不讲诚信的职业行为(经常换工作),在这个时代叫"自我实现"。人们不断被激励着去挖掘真实的自我,并从中获取奋斗的喜悦。

　　在节奏加快、纷繁多变的今天,越来越多的人已经习惯于通过工作环境的变迁追寻他们的运命。既然一生中很多时间要耗费在工作上,难道不应该让它们度过得快乐而充实吗？

　　为了找到梦寐以求的工作,一份能从堆积如山的求职申请中脱颖而出的求职简历很重要。与众不同的简历,能使你赢得面试的机会。

　　展示你的才华与阅历,表明你是这份工作的不二人选,确保招聘经理看到你的简历时,"真棒""好极了"、"了不起"这些词会映入他的脑海,这样才有机会展示你的才能。

　　遵循以下基本规则,你便会在求职的征途中无往而不胜：

　　﹡确定自身专长——你的核心竞争力。如果你对此一无所知,让亲戚朋友帮你找出答案。发现自己的长处,求职之旅就成功了一半,剩下的就是寻找能够施展才华的工作了。做事顺乎本心,方能自强不息。善于扬己之长,

方可无往不胜。

*撰写一份出色的简历。如果写作是你的弱项,这本书将对你大有帮助。请亲戚朋友阅读你的简历,确保简历清楚、简练、动人,分寸把握准确无误。

*查找你能施展才干的公司。联络那些公司的人事代表,询问是否有职位空缺。

*采用传统方式与人谈论你的求职意向。如果你的亲戚朋友在某公司供职,又能为你打通某个已知职位的渠道,那么你便会因此受到关注而得到一个面试机会。招聘经理会这么想:"嘿,既然有人已打过保票,此人是个出色的雇员,那么我要多了解了解他。"

*打电话给老雇主,问他是否能充当你的顾问。

*全身心投入到找工作中去。仅仅因为你失业了,或者好几年没有工作,并不意味着你能轻轻松松找到一份满意的工作。一定要自信而勇敢。不要等到钱快花光了,才想起来去挣。

*关注那些急切需要新的雇员的行业。实际上,如果在 2003 年到 2004 年进入护理行业,你就能得到一份可谓手到擒来的工作。教师业也有大批人涌入。据《商务周刊》职业生涯栏目编辑米歇尔·科琳称,联邦政府是个特别合适的行业,因为半数的雇员在五年内将达到退休年龄(2004 ~ 2009)。《早安美国》对查莉·吉布森的采访中,举出以下中档年薪为例:护理,44840 美元;教师,43262 美元;联邦政府工作,54656 美元。

*常备不懈,以便有一天你撩动他人心弦,接到面试电话时胸有成竹。如果你感到紧张、神经过敏,那么将你要说的写下来并与简历一起放在电话边。万一你接到面试电话却想不起写在简历上的事情,那怎么办?你要让人听起来感到平和、镇静和专业,如果无法做得这么自然得体,那么盘算好如何应答。这样,从第一时间接到招聘人员电话时便可做到天衣无缝。如果不提前准备,吞吞吐吐的表达就足以断送公司代表对你的兴趣。他可能会想:"怎么搞的?此人简历写得漂亮,但电话里听起来无能至极,还是别让他来面试了吧。"你想要的是——简短谈话便提起招聘经理的兴趣,他会想:"哎呀,从简历上看他前途无量,电话里听起来更加出色。我很有兴趣跟这人谈谈。"

*坚持到底。找工作是你的第一要务,也是家庭责任。准备一本日志,

记下你都联系过什么人,你在求职信上说过什么(你能为他们做什么?),什么时候说的,并且打电话确定简历已送到。显然,你必须确保已将面谈安排得一丝不苟,没有任何纰漏。早点从家里出来,这样你便可早到一会或按时赶到(早到15分钟总比迟到15分钟强得多)。有些招聘经理就是不乐意招用一个连面试都迟到的人,无论这个候选者在面试桌上如何谈吐不俗。他们相信做事拖拉已足以表明那个求职者不可能成为合格雇员。

＊**对每次面试都充分准备,仿佛那就是你最好的工作机会。**做好在去应聘之前的功课。衣着光鲜,整洁无瑕。离开前要感谢面试人员花时间见你,并且一到家就写一封感谢信(参见第十五章"表示感谢的技巧")。

＊**培养自信。**没有比在简历、求职信或面试中犹豫不定更糟糕的事情了:"我认为我能胜任这项工作,但我不敢肯定。"恰恰相反,要每天进行自我对话以加强你的自信:"我是此项工作的上佳人选,我能说服招聘经理,让简历成为我的敲门砖吧。我就是他们真正需要的雇员。"如果消极想法潜入你的脑中,赶快把它们驱除干净。不要让过去的患得患失令你举步维艰。

＊**善用网络。**一定要充分使用"低科技"方式(口口相传以及人脉),但也要准备着雇主会要求你投出电子简历或在线填写求职申请。大部分大公司使用高科技设备,如简历搜索软件和申请跟踪系统,评估准雇员,这意味着求职者们要克服恐惧,顺应潮流。投出一份看似腐烂在冰河时代的简历,无助于你在今天这个网络重围的职场抢占先机。

＊**要正视现实。**互联网提供了重要的求职机会。无论白天黑夜,你都能上网寻找工作机会,而且要确保自己的信息可以随时被公司计算机找到,因为它们也在搜寻合适雇员。网上求职的不利之处就是你可能不得不填写公司的网上表格,会要求你列出工资预期。因而,当你去面试时也难免因此而被请君入瓮。此外,电脑可不管你的个人魅力如何。如果你不能被有效地搜索到(没有足够的关键词或职位或学位),你可能会被拒之门外。

本书适合于那些想要找份更好工作的在职人员、孜孜不倦的求职者、刚出道的生手以及工作满意但希望保持良好简历以待"完美"工作到来的人。本书会向你提供有效而实际的信息,能使你从衣食无着的职场圈外人士转而成为衣食无忧的圈内行家。

风物长宜放眼量。别忘了,职位空缺并不局限于你看到的报刊或者互联网上刊登的广告。那些即将做广告宣传的职位如何呢?你可以联系所欲加入行业的业内人士,询问他们何时有望出现职位空缺。招聘经理可能会向你透出他们公司职位空缺的底,告诉你他估计下个月就能出缺了。因为他知道,你是具有他们急需技能的上佳人选。这一先机使你能够完善你的简历以适合于这个职位,并且在其他求职者得知这个空缺存在之前投出简历。

在构思求职简历时,记住三个重要方面——简历应当是最适合你的,能够吸引面试人员注意的而且适合于特定工作的。脑子里要想着,一种技能有多种表现方式。或许你个人能力超群,却是个最底层的、为不起眼的借贷公司电话催讨赖账的小人物,你要自问:这种工作有何意义?这种能力可用于更好的工作——你的确能以这种经过磨炼的能力申请行政管理人员的职位,并以此作为面试的敲门砖。我想说的就是,不要以为每个申请行政管理职位的人都是经验十足的。通常情况是,公司所需求的和它所能得到的是两码事。

做好以上准备工作之后再去参加面试,并以你的个人才干、组织能力和领导能力打动他们,那你差不多就得到这份工作了。

如果你谋求新的职位,甚至要更换你的职业,本书同时包括基本的简历写作指导:那些必需的项目以及使你的简历鹤立鸡群的方式。

从根本上说,求职最容易犯的五个错误是:

＊简历浮浅、不完备或者毫无特色。

＊缺乏一封出色的求职信与简历相配。

＊不能有效利用关系网(时时牢记,告诉你的亲戚朋友你想得到工作先机)。

＊盲目参加面试(仅仅是参加面试,而非推销你自己并表达对工作职位的兴趣)。

＊在面试人员开出工作条件之前询问薪金、假期、加班费或者其他利益。

本书能扫清你求职之路上的障碍,直奔使你满意的工作。无论你过去的工作和求职存在多少问题,那都过去了,这是新的一天。相信我们能帮助你迈向成功。

# 目　录

# 第一章
# 令人无法抗拒的求职简历

怎样的简历才是恰如其分的，一直为人们所争论，而且观点不胜枚举。但不容置疑的是，一份令人无法抗拒的简历会使其主人独树一帜，朝着向往的职位更进一步。一份优秀的简历，将使面试者受益良多。

求职简历给用人公司留下了应聘者的第一印象。如果你的简历写得很专业而且反映出能力与自信，招聘经理会将你看做值得进一步关注的求职者。与此相反，一份草草而就、漫不经心、不能表现个人优点的简历，简直是在自我贱卖。

职业规划人反复强调制作一份正确的简历。想象着你就是那个读着成堆的求职简历的人，想想一份措辞得体、引人入胜的漂亮简历的积极作用能对你产生多大影响。几乎是瞬间，那份简历会使你置身于寥寥可数的面试人员中间。

一份优秀简历必须具备的四要素是：

* 能吸引面试人员的注意。
* 在生死攸关的10到15秒里推销你的才能。
* 使自己看起来像个强有力的候选者，值得更进一步的研究。
* 使至关重要的第一印象为你所用，而非为你所败。

简历中当然要包括姓名和联系方式、技能简介、工作经历和教育背景(顺序视简历格式而定)和获得奖励(指那些适合你的行业并说明专业技能的)等基本内容,更重要的是掌握一些必备的技巧。

**1.** 将你赖以生存的长处放在前面。撰写个人资历简况或技能简况时关键是要写得"诱人"。这部分是整篇简历中最具分量的卖点,千万不要将其埋没。你的目的是搞定那些招聘经理,而不是让他们去琢磨你都做过什么,为什么选你才合适。简历摆明了干这行你到底有几斤几两。如果你想陈述一下职业意向,就写在你申请特定职位的求职信里。

**2.** 要是你传统得一定要提一下职业意向,那么调整你的意向以适合你所谋求的那一职位。一个泛泛的意向在招聘经理那儿根本加不上任何分数。

**3.** 如果你想在众多求职者中轻松胜出,下列技能会很有帮助:

* 亮出你有独门绝活。
* 显示你的技能比你的工作还抢手。
* 指出你是个多面手——干啥都行。
* 把你的简历投到多个网上数据库里去。
* 简历的格式逆时序排列。
* 你是个经营主管或在业内是高层次求职者(如果你认为合适,可以将技能简介称为管理经历简介)。

**4.** 当你拿不定主意简历应当突出职业意向还是技能简介的时候,牢记今天大部分招聘人士和招聘经理认为技能简介更具吸引力,职业意向已是陈年货色了。

比如说,你的职业意向是这样的:地区杂志执行编辑。有关这一职位的技能简介是:职业新闻记者,具有十多年从业经验,包括写作、编辑、校对、追踪报道和团队合作。以及时完成工作、善于组织团队力量和凝聚成员于首要事务而著称,极富于创造力。

显然,技能简介比职业意向更能展示你的职业优长,而招聘经理总是将技能与经验作为简历的主要方面加以重视的。别老让大人物费心!

**5.** 撰写一份出色的技能简介(也叫优长陈述、技能陈述、关键词评述、简要评述或者资格简介),可以填写下列"框架":基于多年的_____(建筑业、新闻业、银行业等)从业经历,经验丰富的(或年轻或精力充沛)专业人士寻求_____技能(团队合作、创造性等等)方面职位,有利于提高公司效益,加强整体竞争力和发挥才干。

你可用技能陈述开头,展望你的工作,略谈你做过的事情。例如,一个有三年工作经验的医院接待员大约是接接电话、帮帮行政人员的忙、处理处理客户的请求、给那些已诊断完毕但尚未预约手术的患者打打电话、回回患者的信件、给术后康复的患者送送花、发发患者满意调查表和其他事情。这可能是这个接待员最初或仅有的一份工作,但他可以将他的才能列出来,包括:创造性(他想起患者调查表),形象塑造(他安慰那些不安的患者),多面手(除了接电话,还负责其他工作,结果得到提升)。因此,基于他所做过的和这些才能的汇总,他的才能简介可以这么写:基于三年医疗行政管理经验,精力充沛的专业职员寻找一个需要创造性、形象塑造、高效复合型人才的职位,有利于提高效益、增强整体竞争力。

**6.** 只有在能帮助你达成目的的情况下才写上职业意向。
下列情况下,职业意向应该对你有所裨益:

*刚毕业的学生。

*改行的人(例如,你曾当过律师,现在想做大学教授)。

*想应聘网上职位需求库中某个职位的求职者。

*工作经历庞杂的多面手,以至于阅读简历也看不出你要从事哪种工作。

**7.** 如果你提出意向,就要让它起作用。

表明你想做什么,为什么你认为自己是受聘的恰当人选,并且举例说明你过去一直是个口碑不错的雇员。

> 实例:作为销售专员具有账务设立与管理专业技能,并能运用高超营销才能提高公司效益。开拓客户关系、促成交易和超额完成销售额的顶极纪录创造者。坚实的职业道德、系统的目标定位和开放的个性能够促进效益的提升。

**8.** 你要懂得,有些雇主不喜欢简历开头就是职业意向,因为他们认为那无非是求职者在重复他从招聘广告上读到的东西。

**9.** 以下基本要素要出现在简历上:姓名、联系方式、才能简介、教育和培训、工作经历、从事工作以及所属组织、奖励。注意不要出现标有"私密"的部分。

**10.** 如果你有真才实学,那么加入一个"能力"栏目。但说及基本技能时,不要用这个标题,如打字和文案、准备食物订单和布置餐桌等。

> 举几个有关能力的例子:
>
> \*计算机能力:这里说的应该是计算机编程和网络知识。你是程序管理员或程序员等,你的专业领域可能包括:QL Server、PowerPoint、MS Word、Outlook、软件编程、网络系统工程、Visual Basic、Windows XP 等。
>
> \*技术能力:你掌握的从事某项工作的知识与技能。例如,在公共关系与营销中,你可能拥有开拓市场份额、客户服务、策划公关活动、分级处理事件、应对媒体、非营利性工作等方面的才能。
>
> \*领导才能:亦称核心或推动才能,是充当公司经营主管人员的必要才能。高级经理/管理人可能需要一个理想主义者、一个具有战略眼光的策划者、一个麻烦终结者、一个危机处理专家、一个交流者等。

**11.** 展现最好的一面。如果你的教育背景强于工作经历,就将它放在简历开头。如果你的工作经历更具吸引力,将其列于教育背景之前。

**12.** 确保你的简历及时更新。许多人发出的简历并不包括他们最近的工作情况,这些信息只是在求职信中一语带过。这样做看起来缺乏条理,无法打动招聘经理而获得机会。如果你连简历都不愿花时间去更新,那么招聘人员怎么会认为你乐意努力工作以取悦管理者呢?

**13.** 表现你最有光彩的一面。
请求局外人阅读你的简历,并告诉你以下事项:一、你看上去是否像个具有专业技能、胜任所申请工作的人。二、简历是否错误地强调了与你谋求的职位并不相关的技能与工作经历。

**14.** 确保你表现得非常可靠。招聘经理希望,聘用你应该是风险极小或者毫无风险。即使你从未做过这种工作,也要提高他聘用你的满意度。

**15.** 瞄准特定的公司,加工你的简历以适应招聘广告上职位的要求。

**16.** 了解招聘人员希望在你简历中看到什么。如有必要,联系业内人士,参考一下他们的简历。例如,如果你想进入时装设计行业,但你在简历上并未提及你有相应作品,负责面试的人会以为你没下工夫,所以不会让你进门。

**17.** 如果做过对磨炼特定工作技能有重要意义的不计酬(义务)工作,一定要写入简历。例如,如果你想成为一名日间护理人员,而且你确实在一家儿童收容所做过志愿工作,那就将其作为重要工作经历展示出来。

**18.** 无论你多么喜欢自我美化,都不要在撰写简历时编造信息。人力资源经理可以轻而易举地核实简历上的信息,所以即使你撒了个小谎,也是很容易被识破的。届时的尴尬可想而知。如今任何事情都能得到确证,事实总会水落石出,你也不想使自己的从业信誉暗淡无光吧?无论多么微不足道的经历,或者与你应聘的职位多么不相干,你都可以进行调整,让自己看上去更出色。不过一定要在真实工作经历的基础上作"事实秀"。

**19.** 如果你曾经做过很体面的工作,或者曾在某家名企工作过,那就不妨鼓吹一下。要充分利用明星效应。当你谈到自己曾是朱利亚·罗伯茨的化妆师或者宇航员尼尔·阿姆斯特朗的演讲撰稿人或者布什总统就职舞会的摄影师时,一般人都会惊奇得两眼放光的。

**20.** 写完简历后要进行检查,以确定包含了所有的必要信息。不能因为不喜欢就可以"意外地"遗漏某些部分。或许你讨厌仍然与父母同住,而不愿提供住址(你知道面试人员会看出那个地段不是一个刚毕业的嫩仔能买得起的,所以你肯定还住在家里)。你担心:都25岁了还待在父母的屋檐下,我是不是像个成事不足的人?事实是,大多数雇主只在乎你的才干和工作经历,而不管你是否是妈妈的乖孩子,或者是否是不善储蓄的人,连买公寓的钱都攒不下,或者过于关注衣着,所有薪水都用来赶时髦了。典型情况是,你担心的那些事情根本不必过虑,它们并不如你想象得那么引人注目。

**21.** 简历要不卑不亢、清清爽爽。对雇主来说,一份散发着清新与自信的简历能打动他。让那些你引以为豪的工作细节发挥重要作用。这种内容很容易吸引将来的雇主。简历中不要包括那些你人生中需要掩饰而面试时需要解释的部分(例如坐过牢这样的经历)。

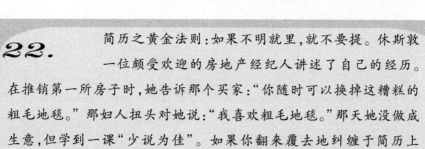

**22.** 简历之黄金法则:如果不明就里,就不要提。休斯敦一位颇受欢迎的房地产经纪人讲述了自己的经历。在推销第一所房子时,她告诉那个买家:"你随时可以换掉这糟糕的粗毛地毯。"那妇人扭头对她说:"我喜欢粗毛地毯。"那天她没做成生意,但学到一课"少说为佳"。如果你翻来覆去地纠缠于简历上的个别项目,但感觉底气不足,担心它会给人留下不好的印象,那就不要写上去。

**23.** 不要在简历上表现个性。如果这对你而言非常重要,那就在求职信中展现你的生机与活力。简历应该低调,它只是一种事务性的交流,所以不要写得过多。你不知道是谁来决定面试者资格,而且与主考官的成见也没有利害关系。为了铺平你的职场道路,尽量让简历客观、专业和完美。

**24.** 撰写简历时要想到对方可能不会看你的求职信。你无法预测求职信的命运,但差不多能肯定你的简历会有人看上一眼。基于这一原因,如果不想让你的成就与奖励埋没于求职信里,那就也把它们写在简历中。通常,忙乱的招聘经理在阅读求职信之前会浏览一下简历。

**25.** 把你认为会促成面试的所有信息都写到简历上,但不要把自己说得像是走投无路。"我失业好几年了,太需要一份工作了。我的孩子正在挨饿,求你帮帮我!"记住,招聘经理想要的是他们真正需要的雇员——并非沾点边的什么人都要。

**26.** 集中精力完善曾经供职的内容。招聘经理想尽快知道你具备的经验是否会使你成为填补空缺的合适人选。仔细研究供职部分的表述。假设你是招聘经理,自问一下:此人充分描述其职责范围了吗?不要让读简历的人费力寻找需要的信息。

**27.** 描述具体的工作任务。例如,如果你是一个模特公司的预约登记员,你的部分职责是:联系模特安排日程;处理公共关系,模特场记;为需要拍摄模特照片的媒体公司提供代理服务;在电脑上管理约会、取消和重新预约;策划广告活动和营销策略,推广模特集训与培训班。寻找技能全面的电脑接待员的招聘经理或许会发现这个模特公司预约登记员的技能非常合适,尽管这两种工作相差甚远。要点就是,如果你真正花费时间去推销自己,突出自己的才干,你就能欣喜地看到机会源源不断地到来。

**28.** 注意检查简历上那些可能使招聘经理哑然失笑的东西。如果你已经43岁,就不要列出你的童子军奖章了;如果你已经50岁,在谋求学校图书管理员职位,就别提你是返校节女王得主了吧。淡化个人信息,注重专业技能。招聘经理并不想跟你约会,他只想知道你的技能是否适合空缺的职位。

**29.** 将你的意愿突出地置于简历开头。如果你知道自己将要移居某个城市,就要清晰地表述出来:"将于2004年5月移居佐治亚的亚特兰大。"如果工作听起来不错,而且你愿意迁居到任何地方,也特别指出来:"愿意移居美国或者全球任何地方。"如果你钟情于某地,列出来也没关系。但就是别提你根本不想去的地方。招聘经理招聘的职位可能在费城,但他也可能是在巴尔的摩长大的,因此他不喜欢听你说:"除了乏味的巴尔的摩,任何地方都可以!"

**30.** 确保联系方式清楚准确,让安排面试的人拿起电话就能轻易联系到你。

**31.** 如果你手头上有欲供职公司的信息(通过互联网或其他方式),那么间接提到有关该公司的细节,会表明你下足了工夫。这对你有两点好处——你具有灵活性,而且你愿意花时间做好工作。

**32.** 检查简历时要考虑这些问题:表格里是否点明了我将给公司带来的利益?例如:如果你一直是现在任职公司拓展市场份额的主力,那么一定要写上你怎样取得的成就以及你凭借什么样的才能与背景赢得了这一佳绩。

**33.** 要用今天职业社会的"新现实"观念评价自己的老一套。求职时不要拘泥于 20 年前的老一套。今天,有很多出版物发布职位空缺(不仅仅是当地报纸),不要错过能大大提高你求职机会的网上良机。此外,你还可以将简历投向新的方向。如果你需要为找工作而转变行业,考虑那些急需雇员的领域,例如护理、教育或者政府部门。

**34.** 依照招聘广告上列出的指示提交简历。如果他们要求你邮寄到某个地方,照着做,不要突发奇想决定将简历投到他们办公室去,同时还想去跟招聘经理打个招呼、闲谈一会儿。招聘经理都是忙人,冒昧行事只能带来消极后果。

**35.** 即便招聘广告上根本没提求职信,也要附上一封!用优秀的求职信拔高你的简历是永远不会错的。附上求职信很正确,但寄出面试感谢信可就大错特错了。二者皆为求职礼节的一部分。

**36.** 不要老是说为什么你想得到这份工作。这样做是错的,要侧重于你能为雇主做什么。雇主从他的立场看你的简历,这是正常的,而他也知道你能预料到这一点。

**37.** 不要发出负面信号,提供无关的信息,例如描述你的健康状况,或炫耀自己发表的诗歌。某招聘经理提到:"如果你在简历和求职信中加入无关信息,要是我们聘用你为撰稿人或编辑,你也会在工作中混入无关信息的。"

**38.** 记住,简历中的任何个人事务都会贬损求职效果,除非它能显示出你多么胜任那个职位。换句话说,如果你想成为摇滚歌星的保镖,那么你体重300磅并且曾经在过去五年中参加健美比赛便是恰当的信息。但如果你应聘的是汽车推销员的职位,就不要列入这些琐碎信息了。

**39.** 反复阅读你的简历,查找问题,改正含混不清的表述。如果你走大众路线,那你可能会输给那些提供适当的理由和证据来证明自己更值得面试且更称职的人。

**40.** 评价简历的总体"感觉"。你要让招聘经理获得的印象是:健康良好、精力充沛、富于创新、才华横溢。他会为你的简历感到释然——你是个守门员——那种乐意得到这份工作,并且不管是作为管理者、下属还是同事,你都将是公司的良性资产。

# 第二章

# 避免简历中可能出现
# 的瑕疵

　　无论你选择何种格式的简历,都必须包含某些至关重要的信息。形式可以多样,但是不要遗漏那些有关工作经历的必要细节,因为未来的雇主有权了解。你的目标是制作一份尽可能完美无瑕、恰如其分、整洁动人、附有出色的求职信而且显得出类拔萃的简历。

　　以下是撰写简历时避免瑕疵的技巧。

**41.** 提供完备而正确的联系方式,包括电邮地址、呼机号码、手机号码、宅电号码、通信地址和个人网站(如果你有而且上面的资料也恰如其分)。

**42.** 不要提供一长串的手机号码,除非想让大家都知道你有强迫症。不需要三个手机号码,一个足矣。

**43.** 除非你有直拨专线,否则不要使用单位电话号码。

**44.** 在姓名和联系方式之后,用简明而恰切的语言列出你的过人之处或者技能简介来提升简历的分量。

**45.** 突出你的经历,最大限度地发挥你所拥有的一切。要下足工夫来完善这一部分。

**46.** 写到任职间隔时要使用年份,而不要用年份加月份,这会让你的简历看起来更具有一致性。

**47.** 如果职位比实际上显得卑微,就不要包含职务名称。你可能归类为秘书助理,你的工作可能细分为处理杂务、簿记和负责公共关系,这意味着你不能泛泛提及"秘书助理"一职。如果你的工作职务听起来不太体面,就选择另外的词替代它。然而如果你实际上是单干的,不要称白己为"电脑团队主管"。拔高没错,造假却要不得。

**48.** 不要含有薪金或者奖金信息。你只需要列出你现任的职务,就可以暗示出一个大致合适的薪金范围了。换句话说,多数人都大致了解一个法律秘书挣多少钱。

**49.** 如果你有大学学位,不要列出高中学历。这样的简历看起来很可笑。列举教育背景时,从你的最高学历开始:加上你的专业(主修)、毕业的学院或大学以及拿到学位的日期。

**50.** 如果你的最高学历是职业或者技术学校,一定要列出你的高中学历。如果你对教育背景部分略感惭愧,那就附上你完成的课程、继续教育、讨论会、研究会等,特别是与你谋求职位有关的信息。

**51.** 要将你的教育背景和盘托出,无论你是否获得过大学学位,都不要遗漏你研修过的那些额外课程。无论是继续教育、特殊的车间实习、研讨会,还是其他培训机会,甚至函授课程也值得一提。

**52.** 着重强调,例如在某年度女童子军、舞会皇后或者某情人节舞会等场合"提高了效率"或"增加了销售"。

**53.** 用正确方式设计你的工作经历或供职单位部分。突出适合未来工作的部分,但不要提及社会关系,那会让你看起来很可笑。也不要暴露你的宗教信仰、政治倾向等。你是德州瓦库的贝勒大学青年共和党主席,这很好;但是,如果招聘经理是比尔·克林顿至亲的表兄弟,那你算出错牌了,不会再有面试机会了。

**54.** 谈一谈你出版的著作、工作样本、信息剪辑或其他与工作有关的项目(例如广播录像带、医学博士行医执照、教师资格证等)。

**55.** 充实你简历上可能出问题的部分。例如,你应聘狩猎队长的职位,而你曾经是猎人,你可能想表明你在狩猎问题上的立场(不制作狩猎纪念品,所有捕猎收益都用于购买食物等)。或者你可能认为应聘接待员职位会引起这样的问题:"他有计算机技能吗?"就这样补充信息。你要经常预想一下,招聘经理仔细读完简历后会考虑到的这些问题。

**56.** 简历应该提到职位必需的执照和资格证书。面试前后要求出示执照时,提供一份副本。基于众所周知的原因,不要把你仅有的一份证书原本送出去。

**57.** 不要列出你的网址,除非你核实过你的网站里不含有对业内浏览者不适当的内容。还记得你和两个朋友穿着异性服装的照片吗?还有你最好的朋友给你留的帖子,上面提到你那恼人的抽搐?

**58.** 将电话号码写在简历上后,记得将录音电话或者自动应答信息更换成听起来很专业的。怪异、古怪或者可笑的录音电话或自动应答信息不会留下好印象。

**59.** 军队经历应列为单独部分或者工作经历的重要部分。列出你在部队获颁的勋章,并且强调你通过部队训练而磨炼出来的技能。

**60.** 如果是跨国简历的话可以将简历适当加长。投递一份只有一页或两页长(标准的美国简历)的简历,会让许多国外雇主误以为你没有经验、没有兴趣或者没有合理动机。给他们的简历要 6～8 页长并且写满各种资格与经历。给跨国公司的简历应按年份顺序排列或者用第一页来综述一下随后各页内容——要突出重点。跨国简历中,你可以忽略对荣誉与奖励低调行事的规则,除非它们与职位关系不大。跨国简历(通常称为履历)的长度,要保证有足够的空间列明获奖名称、意义、得奖原因以及其他你认为有助于推销自己的每件事情。个人信息也可以包括在内。

**61.** 应聘政府工作部门职位要使用固定格式的简历。阅读招聘公告，按照申请要求做。如果你想制作出一份强有力的简历，请参见网上的职业营销技术网站。

**62.** 有时求职者会遗漏做兼职的经历，而这或许恰恰是准雇主感兴趣的事。例如：一位职业推销员在等着找工作时，可能会在本地做份兼职。她从未在简历上提过这段经历，因为她所运用的技能（网络工作、做传媒分部的联络员）并不是推销工作能用上的。但是，当她将这些项目加入简历并投出去之后，她立即接到了面试电话。要用全局的眼光去看待人力资源管理者。

**63.** 简历中不要包含过去职业经历的薪资信息。为何要暴露那些有可能让你获得较低薪资的信息呢？你完全有可能得到更高的。如果除了提交简历外你还不得不填写申请表，那就在"薪资要求"栏中填写一个范围。

**64.** 如果申请表要求填写既往薪资，那么你可以填写佣金的基本薪资……但不要将福利待遇也计算在内。

**65.** 只有在你无法将犯罪记录抹去时，才将其填入申请表。简历中不要提到这些内容。

**66.** 不要让对方注意到你的失业期，不要指出你领取失业救济金——这对某些雇主来说可能是危险信号。然而，如果在电话面试或当面面试中被问及，那就要实话实说。

**67.** 确保简历中包含具体的形象塑造信息。如果你不能表现得像一个值得聘用的候选者,那就回去好好规划一下。遗漏了简历中的自我认可部分就像忘记写上电话号码一样糟糕。

**68.** 简历中要包含硬性技能的内容。硬性技能就是实质性的有形技能,例如使用计算机、管理雇员以及拟写报告等。列明你做过的、能展示你具备某种硬性技能的事情。

**69.** 简历中还要包含柔性技能的内容。柔性技能就是无形技能,它们无法验证但是对许多雇主来说却极为重要。比如团队精神、合群个性、可靠人品等。但是不要写得太夸张,因为过分炫耀柔性技能会让你显得自私自利。

**70.** 不要透露你的婚姻状况——已婚、分居、离婚、寡居或者单身,或者子女数量、无子女的事实或者你已怀孕。除非你在谋求演艺、模特或其他应该做身体描述的行业。否则永远不要列明身高、体重、头发或眼睛颜色。

**71.** 如果你确信自己上司的职位很有分量,那就在简历上提及你上司的职位。换句话说,如果你是公司首席执行官助理,那就值得一提;如果你是负责货架的仓库管理员的助理,那还是别提了吧。

**72.** 要求实习和培训的特殊行业(例如医生和教师),简历上要注明实习期,来证明你积累经验的时期毫无疑问。你取得成就的方法和学到的经验教训是很必要的内容,要在简历中强调一下。

**73.** 表明你不仅能使用计算机而且精通计算机。要具备最新的计算机技能,如 Oracle,SAP,Microsoft Excel,Word,Access 等,但不要列出 COBOL，Fortran 和其他过时的计算机技能。

**74.** 夸耀自身的语言能力。如果你会说外语，那绝对能提高你的分量。列明你的技能等级：读写、初级、中级、流利。不要误报你的技能等级，因为这很容易验证。

**75.** 不要附上推荐信、证明书清单或者你的执照和资格证书的复印件。等到准雇主要求看这些东西时再拿出来。

**76.** 记住，你的简历只是某个行业所期望的主要资料的一部分，如室内设计、婚庆策划、时装设计、图形设计、摄影、广告、公共关系或新闻业。例如，一个没有"作品剪辑"的新闻记者是很难在新闻界找到工作的。剪辑是以你的名义出版的新闻报道、专题文章和特写的样本。没有这类材料的话，那就加上你上大学时写的东西，要选那些被教授评为"优秀"的。

## 第三章

## 用精当的言辞打动对方

关于简历该说的都说了——还有什么呢？——言辞。当然，精当的言辞是确保得到面试机会的一种方式，特别是当一个烦躁的人力资源主管埋头翻看成堆的简历之时。

以下技巧告诉你如何用言辞打动潜在的雇主。

**77.** 使用动词短语描述过去职业中的经历。在这种场合下，完整的句子并不合适。

例如：组织团队工作，振奋公司士气；组织培训部门员工，促进员工技能的形成；展现出卓越的项目才干，多次赢得奖励。

**78.** 使用典型的电报式简历，尽量少用虚词并省略主语"我"。完全避免使用第一人称。错误写法："我从事过三年的财务分析工作，并且我被提升为高级财务分析师。"代之以："三年财务分析工作，被提升为高级财务分析师。"

**79.** 不要用记叙格式撰写简历："至此，公司决定招聘两名经理。此后他们设立一个项目……"

**80.** 多用主动语态,少用被动语态。

例如:管理 15 名员工。错误写法:15 名员工被我管理。

**81.** 注意避免使用外行话,那会让你听起来像是在表演。专用语变化很快,如果你仍沉溺于传统用语之中,那么是读一些贸易期刊并拾掇拾掇行业用语的时候了。三年前听起来很酷的词汇,如今已经不时兴了。用那些陈词滥调和地区方言会扼杀你的机会,还不如不用。

**82.** 避免使用"负责某某事务"这一表述,因为很多招聘经理对此说法的第一反应都不好。道理很简单。对任何人来说,这都不能说明关于责任的关键问题:你是靠才干赢得这种职位的吗?你的努力是被广为赞扬还是被漠然置之?你赢得管理层的青睐了吗?你丢了饭碗没?

**83.** 核对数字的一致性。换句话说,如果你在一个地方使用阿拉伯数字来表示数额,那么在其他地方也要使用阿拉伯数字。

**84.** 写明你的计算机技能时,要确保正确拼写公司名称和软件名称而且要注意大小写。例如:Microsoft Word 是两个词,而WordPerfect 是连在一起的,Word 和 Perfect 之间没有空格。PageMaker 也一样。弄准这些事情以显示你关注细节。

**85.** 了解拼写检查软件的不足。如果你用了错别字——如"你是"误用为"你的"——电脑是检查不出此类错误的。

**86.** 对美国雇主不要用英式拼写——也不要在面试中使用英式发音(这里指的是在美国求职,一般雇主不喜欢美国人耍英国腔

——译者注）。一个面试人员想录用一位应聘教练职位的魁梧的俄克拉荷马小伙，那小伙说他还要看看"日程安排"时，用了英式发音，面试人员感觉很别扭，就没要这个人。不要为了显得特立独行而把自己弄成一个古怪的人。

**87.** 精心措辞，让雇主了解你是何种雇员。管理者、人力资源主管和招聘经理常常担心新雇员最后会变得不易相处、懒惰、饶舌、爱发牢骚或者拖拖拉拉。因而，你要在你简历或者求职信中指出，你是个创新、尽责、有主动精神的人，能坦然面对压力，按时完成工作，并且是好学的团队工作者（或者无论什么样的优点）。

**88.** 不要用"过于谦虚"的语言描述你的长处。想想过去主管对你的赏识，对这些优点要大书特书。

**89.** 撰写简历时要尽量收敛你的戏剧天分。简历毕竟不是搞笑。

**90.** 对自身才能和经验的表述要足以引起决策者的注意。尝试站在对方的立场上来考虑能否凭这份简历而给予面试机会。学会兜售你自己！

**91.** 突出你把想法付诸实施的事例，并且引证因此取得的市场份额或创造的利润来证明你的成就，不要泛泛地空谈"大家都喜欢这个项目"。（那会像一个作家说他妈妈喜欢他写的书。）用具体的数字和金额来证明你的创意是成功的。在此，措辞是极为重要的。如果你没有数字和金额可用的话，就运用其他细节，例如："圣诞节广告策划创意连续三年被采用。"

**92.** 综合运用与具体行业有关的关键词或行业用语以供简历搜索之用。当招聘主管上网搜索某一职位人选时,他可能会搜索简历,希望发现那些简历上碰巧有像"社团领导者"或"团队建设"或"商业拓展"等关键词的求职者。

关键词可能是求职成败攸关的要素,有些公司习惯于先用计算机检索所有简历,继而由人力资源部集中筛选,如果他们没看到复杂行业(像工程)方面出色技能的标志,就会不经意地排除一些优秀简历。"其结果是,他们将不合格候选者的简历转给部门主管,舍弃了那些我们想用的合格人选。"一个亲历过此类情形的化学工程师解释说。

为了向你展示关键词的效用,这里有一些行业及其适用关键词,强烈建议你放入简历。

　　**\*主管、经理、管理人**:危机处理、团队形成、项目管理、学士学位、办公室经理、人力开发、生产计划、数据分析、团队建设、机构组织

　　**\*新闻记者、艺术工作者、创新者**:思想驱动、终极导向、创新精神、才华卓越、学士学位、艺术学院、新闻撰写、编辑工作、理想主义

　　**\*财务计划人、股票交易人**:证券管理、损益控制

　　**\*信息技术**:支持服务、帮助部门、用户支持、系统配置、冗员裁减

　　**\*工程**:设计、建筑施工、项目、项目管理、项目工程、加工、加工工程、控制系统、控制工程、机械、民用、化学、结构、仪器操作、理学学士

　　**\*人力资源专员、招聘人员**:理学学士、商务管理、多样化培训、领导能力开拓、团队、招聘、安置员工、工资及薪金管理

　　**\*推销员**:客户名单、有动力的、强力交易员、目标导向、销售经理、销售主管、顶级生产者、客户准备、追踪调查

**93.** 脑子里要想着你是用说服的力量来取得面试机会的。例如,你必须使主持面试的人信服:你十多年《休斯敦时代报》记者的工作经历完全符合《费城杂志》所需要的"资深记者,能胜任多种任务并且能在极少监督下自觉工作"的条件。可以使用如下有说服力的句子:具有多种写作才能的资深记者,优秀多能并高度自觉。

**94.** 避免使用听起来华而不实或高人一等的措辞。

**95.** 努力做到言简意赅。不要写"负责新数据库系统的部署",而是"部署新数据库系统"。

**96.** 选择有力的动词来有效地传达你的优点。例如:促进、主持、产生、展示、设计、引导、开发、展望、加速、便利、创立、激励、领导、谈判、组织、最大化、指导、提升、改良、变更、修补、率先、改进、加强、更新。

**97.** 在简历中使用有力的措辞,以激起面试决策者的兴趣。使用"热烈"的词语,例如:贡献、创造、产生、便利、策划;而不是比较乏力的词汇,例如:给予、建立、制成、帮助、计划。

**98.** 用具体生动的词语来展示你的创新水准。例如,你是一名经理,不要只是说"创造销量并获奖",而是说"最佳销售员并获得健康俱乐部一年会员资格"。如果你是一名接待员,不要说"任职期间扩大了工作业绩",而要说"事务所经理,拓展业绩的能力突出,日常工作表现优异"。

**99.** 不要费力不讨好地去制作一份能够广泛适用于众多职位与公司的通用简历。相反,要运用有力的词语,为你的职业背景营造动态而动人的蓝图,恰如其分地使自己突显出来(在准雇主眼中你是一将难求)。

**100.** 描述自身的技能如何符合招聘广告上的职位要求时,要言辞谨慎。因为这是简历中最为重要的部分。

**101.** 避免泛泛而谈：如果你只是告诉雇主（泛泛地）你想得到"一次挑战性的机会"，那你等于什么也没说。

**102.** 让简历生动有趣。语气要乐观向上，这反映出你是一个有上进心的员工。

例如：资深而上进的演员，欲尝试舞台新角色，并乐意试演以展示演技。

**103.** 确保自己能够说到做到，胜任简历中所描述的工作职责。例如，如果简历上列出你有销售经验，雇主就会认为：你懂得如何开拓新的商机，通晓客户服务，是个能干的交易人，等等。

**104.** 千万不要在简历中附上自己的诗作。（很高兴阁下会做诗，但做诗和求职无关。）

**105.** 反复检查简历的措辞，能确保给对方留下深刻印象——你能够成为有价值的雇员。

**106.** 千万不要使用过分吹嘘或自命不凡的措辞。

例如："将会成为贵公司聘用的最佳雇员"或者"全国最佳房地产推销员"。

**107.** 避免使用轻佻的词语。

例如："可爱的时尚追随者，欲觅上等办公室接待员一职。"

**108.** 检查简历中的措辞是否埋没了自身的优点或其他必要信息，（必要信息参见第二章）因为雇主是不会费心查找的。

**109.** 仔细检查简历，确保内容简洁有效。虽然实际上要经过撰写、编辑、校对等流程，但整体风格要简练。

**110.** 注意删繁就简。重读简历,修改那些用一句话就能说清却用了两句话的地方。

**111.** 检查有搬弄是非之嫌的蛛丝马迹,诸如诉苦(有关过去工作),诽谤(有关同事),自以为是(未获提升)和自高自大(有关技能)之类的言辞,都要删除。所有此类言辞对面试而言,都是"死亡之吻"。

**112.** 完成简历后,仔细检查其中的细节。优点和长处要用数字化的成果表现出来才能最有效地发挥其说服力。"通过重构经营区划而每年节约 100 万"。写明你如何成功重整公司并"提高 15% 利润"的细枝末节,来证明你有值得关注的营销背景。

**113.** 将简历搁置一小时左右,再读一遍,检查其中内容是否冷静客观。反复多读几次,还要请亲戚朋友来校正。要毫不犹豫地摒除错误,而且绝对需要补上漏掉的句号、删去多余的空格。决不要给人留下这样的印象:觉得一般化或差不多对你来说已经足够好了。

**114.** 按照以下标准来检验你的措辞,要让管理人员读过你的简历后生怕犯下错失人才的大错。合适的内容如:"三年之内得到三次提升",或者"连续两个岗位得到客户的最高赞誉"。如果你没有任何可观绩效,那就说些低调的事情,例如"因一贯按时完成工作而获得上级褒奖"。

**115.** 确保每个句子都能突出重点——你会为公司带来收益。

# 第四章

# 选择正确的格式

简历是求职的重要营销工具。它可能是你唯一的代表,因为你不能亲自介绍自己,所以不得不让它代言。它应该表现你的干劲、勇气和坚毅,表现出你的卓然不群和奋发向上。无论从事何种职业,总有一种格式的简历适合你。如果你是初出校门的新人,如果你5年内有过10份工作,或者你在一家公司已供职30年,选择合适的简历形式是展示你独特才干的核心方式。

以下是运用最佳简历格式的技巧。

## 116.

模块化格式便于电子简历的修改。简历模块可包括:姓名,联系方式,关键词简介,技能简介和/或职业经历简介,技术能力,职业经历,成果,岗位以及职责,教育背景,荣誉、奖励、活动。每个模块都是能互换的,可以视职位条件和公司、行业的要求而定。

## 117.

改变简历格式或者撰写一份新简历,要言辞得体,要让对方感觉你充满自信与睿智,但不要给人过于自负和狂妄自大的印象。拿简历给朋友过目,他们会提出诚挚的意见。

**118.** 招聘人员和招聘经理并不真正喜欢以年份排序的简历。他们不想非要逐一剔除过去的工作经历之后才能得到他们想要的部分——你最近三五年内的职业活动。

**119.** 如果你想用最传统、最值得期待的格式，那就采用倒序的简历。倒序格式的简历堪称简历之冠。以最近的经历为始，每个雇主衔接其后，以首个雇主作结。这是大多数雇主欣赏的方式，因为它显示了你何时何地获得何种技能。

**120.** 如果你已经有一段合适的工作期间，并且很少或者没有工作间隔，那就采用倒时序简历。此种格式对那些工作相当连续的人十分有效。如果你没有那种资本，就选择一种不会暴露你时有间隔的工作记录或者长期失业的格式。

**121.** 如果你想列明你的技能，并且你的技能比雇主更优秀，那就采用功能性简历。这是一种好格式，可以突出你所能做的事情（组织、领导、推销、激励），并对你曾在一家不入流的公司做事的事实轻描淡写。

**122.** 如果你短期内做过多份工作或者有很长的工作间隔，那就采用功能性简历。功能性简历强调你的工作和行业技能，弱化在不同公司的任职时间。

**123.** 试着采用综合性简历，即功能性和倒时序格式的组合。综合性简历能够快速列出实用技能，然后是更深层的罗列（依次的雇主）。此种简历适合当今计算机或人工的求职搜索。

**124.** 如果你有体面而持续时间长的工作经历或者是出色的工作经历，那就采用综合性简历。

**125.** 不管选用哪种简历，其中都要包含实用技能——日常从事的岗位工作和职责。这是简历的基石，也是受聘的原因之一。

**126.** 不管选用哪种格式，其中都要包含行业技能。如果你曾在几个不同的行业工作过，这一点就尤为重要。

**127.** 每种格式都要列出你的可转移技能———从一家公司获得而适用于另一家公司的技能。所有技能都是可转移的，否则你就只能终生守在一种工作上了。

技能转移有多种方式。在活跃的经济体中，你仅仅运用实用技能或者行业技能的一部分，就能从一份工作转向另一份，来取得优势地位。在一个不甚景气的经济体中，就管理层面来说，你需要依靠实用技能和行业技能来参与竞争。

**128.** 简历的诱人之处在于你的资历，但如果你是新出道的毕业生，那就用教育背景来吸引人。

**129.** 不论用哪种格式的简历，都不要羞于罗列成就，因为其他求职者可都是当仁不让的。量化你的成就：节省了多少时间、节省了多少金钱、创造了多少时间、创造了多少金钱。如果你的工作时间超过五年，再加上你完成工作的能力，那你就更有可能因为你的成就而被聘用。

**130.** 简历中要包含大量的具体成就实例，如"整顿经营管理，消除冗余环节，为公司节省百万资金"。

**131.** 如果你从事的是学术、医学或者政府等方面的工作,那就采用履历格式。履历是个奇特的称谓,指篇幅较长的、详细的简历——一种除了学术、医学领域或者政府部门之外很少采用的格式。本质上,履历很像倒叙式简历。撰写履历时,你要用详细而清晰的细节来说明每个职位,突出所获成就,例如"发现新的不老泉"等。履历也包含著作、研讨会、讲演和荣誉等。

在今天这个盛行身份盗窃的时代,要小心你履历中含有的既往经历、行医执照号码和家庭成员姓名。考虑到暴露后可能会产生的问题,建议不写这些内容。

**132.** 另外一个选择就是书信格式,虽然可读性较差,但适于要求自荐信的职位。试着提供与简历中相同的信息。写出要点,且不要多于 3 页纸。

**133.** 如果你从事的是依靠独特才华来吸引顾客的行业,那就以技能为主来展现自己。比如理发师、发型师、时装设计师、婚庆策划、人力培训等行业。

**134.** 如果你需要出国工作,那就采用跨国式简历格式。

**135.** 当你选用一种格式时,做一个你认为能最全面展示自己的简历草图,然后交给同仁寻求评价和建议。最好是有一个愿意为你保密的上级,能够细读你的简历并评价你采用的格式。将你的简历交给一个英明的主管过目将会大有益处。

**136.** 不要为确定和修正格式花费太多时间。你的简历只是一种推销工具,仅仅是为了得到面试机会。尽力做出一份效果突出的简历,但最重要的是,做好后要投出去。如果你有份完美简历,但过了 6 个月才投出,你可能会错失许多良机。要行动!

**137.** 对待批评要有开放的头脑。如果可能成为雇主的人通知说你没有采用正确的格式，或者朋友告诉你简历非常不足，要听他们的！

**138.** 根据建议和要求修改你的简历，以此来提供更多信息。小心酝酿，大胆尝试。如果目前的简历未能争取到面试的机会，不要怕冒险。

**139.** 将简历修改成新的更完善的格式后，记住要让它发挥作用。记住你的简历是在与数十、数百、数千的简历竞争，而工作人员和招聘经理只匆匆地看30秒。务必使你的简历引人注目！

**140.** 新的格式简历应该包含一个简要陈述——基本上是一个关于才能和背景的增值简介。例如"技术管理"、"十年以上先进"等。

**141.** 要避免采用通常称为"简式"简历的格式。有些求职原则建议，送上简历的一部分作为引子。这种想法是，送上这份"小型简历"会促成你得到面试电话，他人会渴望看到简历的其余部分。对吗？当然不对！当今的人力资源部门和招聘经理们每天都日理万机、无暇他顾。他们如果没在最初30秒得知你的情况，才不会打电话向你要其余部分呢。你的机会很少，抓住它很重要。

**142.** 除了求职信之外的每种简历格式,都可用项目符号来列举信息,这是展示简洁精练句子的普遍方式。用项目符号来列举的信息便于阅读,而且在这个简历无眼细读而遭生吞活剥的时代,这会有助于迅速吸引注意力。

**143.** 你若有大量的经历需要合并一处,如果不想采用项目符号,成块的段落也可以。注意不要让段落长度超过 6 行,用空行并将段落分开以便在简历上留出大量空白。不要弄成大块紧密的文字,没人喜欢读那样的简历。你如果使用成块段落撰写简历,要确保段落简短且用空行分开,以便阅读者知道头尾。

**144.** 除了履历之外,简历的每种格式都必须用一两页纸让人读明白。你能被聘用通常是基于你最近三五年的经历,你一定要突出这一阶段。缩短你先前的经历,用两页装下那些必须突出的内容。

# 第五章

# 让简历光彩夺目

　　简历的格式与外观是你本人形象的直接反映。许多雇主说，一份清晰、简练的简历不仅会吸引更多注意，而且让求职者更有可能被聘用。记住，如果你仅仅是把字写清楚了，拼写检查了，语法弄对了并不代表万事大吉了。若要简历写得好，必须选择合适的字体、字号和外观。指导书里对此有具体且明确的要求。

　　关于简历的外观，考虑如下建议。

**145.** 考虑采用杂志风格。杂志和某些网站之所以吸引人是因为训练有素的专业人士花了时间去设计便于阅读和吸引眼球的文档。杂志运用字体、照片及其排版样式来吸引眼球，网站也一样。既然你不能附上照片，那就在字体、着重号和排版上费些心思。

**146.** 展现出最佳风貌。如果有必要，安排好版面。记住，一号项目会被认为比六号重要。诸如节省资金、增加收益或节约时间等都是老板欣赏的工作能力，要确保这些长处被突出出来。

**147.** 确保简历长度不超过两页纸。只有绝对有必要的时候才将其延长到三页纸。你可以删除先前职位的细节以压缩材料，只列出公司、职位和日期。

**148.** 保持前后一致。简历风格应自始至终保持一致。不要老是变换字体字号。（雇主们频繁地收到包含多种字体字号的简历，使用的字体字号样数之多让人吃惊。）

**149.** 统一采用至少 2.5 厘米宽的页边空白。再窄了看起来就会感到压抑而不舒服。

**150.** 让行距恰如其分地显示出你是个讲究条理的雇员。例如，你如果在技能部分与工作经历部分之间空两行，那么在简历其他部分之间也要空两行。外观不一致将会表现出你缺乏一致性的特点。事实上，只要面试人这么认为，无论这是不是你的真实情况，都不重要了。

**151.** 注意细节。例如，连字符前后都不应有空格。同样，你如果在学位的缩写上不加点（BA 而非 B. A.），要确保简历任何地方关于学位都这么表示。

**152.** 缩排材料一定要垂直成列对齐，参差不齐的材料看起来很不爽。排版对齐的诀窍是使用制表符，并正确设定制表位。相关技巧可参考文字处理软件的应用指南。

**153.** 工作日期采用左对齐或右对齐即可，不要使用空格让其缩排。

**154.** 全文不要采用下画线。

**155.** 英文中要慎用斜体。斜体字不便阅读，仅在表示杂志、书籍、戏剧等专有名称时才使用。

**156.** 要使简历生动但也不必附上"道具",例如饰有名字的纹章或者贴有照片的玩具电话。

**157.** 不要使用艺术花边。简历应当比大多数室内布景更显庄重。不要以任何形式装饰简历。简洁易读是最好的。不要用剪贴画装饰,保持朴实简洁为上。

**158.** 不要用彩色纸张,寄出简历用的是什么颜色的纸张差别不大。彩色纸张或许能引起注意,但不像你设想的那样有效。招聘经理认为除了白色、元白、纯白、象牙白或浅灰色纸张之外,其余都不太专业。不要用粉红、蓝色等纸张,不过应聘艺术行业工作除外。

**159.** 如果你梦想的工作是剧院、公共关系或广告公司之类的,你大可以标新立异,做出诸如将简历放入比萨饼派送盒这样的事来。那会让别人注意到你而去看看你的简历。同样,遵循基本规则通常总不至于错得太多。

**160.** 记住,求职信和简历用的纸张不必相配。许多人常就用纸提出疑问。除非你将替某个过分一丝不苟的人工作,你大可使用不同的纸张来打印求职信与简历。阅读者可能不会在意你用哪种纸,他关注的是实质问题而非色彩搭配。重要的是将简历投出去,不要担心纸张是否相配。

**161.** 避免搞怪的字体。采用简单而常见的 Arial 和 Times New Roman 字体(中文则用宋体和黑体)。在网上求职的时候,不可避免地要用到"剪切—粘贴"的手段,这时你要清楚有些剪贴内容会将你排版精美的简历变得乱七八糟。记住,简历的目标是能被快速阅读与理解。许多专家相信衬线字体更易于阅读,因而较之于无衬线字体更推崇衬线字体。

Times New Roman 和宋体是衬线字体,而 Arial 和黑体则是无衬线字体。

**162.** 采用标准字号。标准字号是 10、11 或 12 号字。不要为了将一篇短短的简历弄得满纸皆字,看起来似乎内容挺丰富,而使用过大的字号,阅读者其实都是明眼人。同样道理,要是简历太长,也不要用"缩微"字体将过多内容压缩在一两张纸上。

**163.** 在职场上,雇主们根据你最近 3～5 年的工作经历而决定是否聘用你。政府和学术机构会更进一步探究你的专业经历,但商界往往只看很短的工作阶段。因此,如果你的求职目标是投身商界,就不用费心去写上他们不会考虑的职位细节了。

**164.** 不要采用过大或过小的项目符号,要用中等大小的。

**165.** 不要从头到尾都是小写字体而没有大写。诗人可以这么用,但是求职者绝不能这么做。它们会让你显得"怪怪的"。

**166.** 千万别把你的简历或履历压缩打包成 ZIP 文档。没人会乐意去打开这种压缩包。

**167.** 避免使用漫画,因为这些东西会惹恼招聘经理。除非你应聘像艺术行业那样允许不循常规的工作。(相关信息可参见第九章。)

**168.** 不要在页边空白上画画。一位招聘人士谈到,他曾经收到某人的简历,个人情况部分列出了"偏头痛",还在页边空白处写意性地画了一个手扶脑袋头痛的人。他脑子里想什么呢?

**169.** 寄出简历之前要仔细检查上面的褶皱和污渍。如果招聘经理收到的是一份邋遢的简历,他会认为你工作时就像平时一样随随便便不用心。

**170.** 检查下列事项:你突出自身技能了吗？简历的不同部分找起来方便吗？简历看上去是否一目了然？

**171.** 避免使用单倍行距。使用单倍行距的简历读来令人昏昏欲睡。要是你的简历拥挤不堪,看了会让人想起老奶奶的杂货柜,就要修改一番了。要是你想压缩文本使简历容纳更多内容,你就得做些聪明的编辑工作,删减不合意的项目。

**172.** 简历要适当留白。不要让文字过于紧密,没有空隙,词句都挤成一团。只有文本编排得当,中间合理留白,才能确保你的简历有人读,真正增加得到面试和被聘用的机会。

**173.** 突出联系信息但不要华而不实。联系信息包括姓名、地址、电话号码、手机号码和电邮地址。目的是确保招聘经理能方便地联系上你。联系信息要清楚明白地置于求职信和简历首页上方。

**174.** 装简历的信封里不要附有照片。即便你可能真的非常可爱,但还是请你不要放照片。将照片与简历一同寄出,那是 20 世纪 60 年代的事情。雇主们宁可不要你的照片,因为他们想单凭你的条件来决定是否面试你。

**175.** 更别提那些铃铛、笛子和五彩纸屑了,这些东西于事无补。信封里放进任何让你显得愚蠢的东西都不是好主意,要三思而后行。

**176.** 对于英文简历，只有标题才需要全部大写，正文中不需要使用全部大写的方式。

**177.** 如果你的简历多于一页纸，那随后各页一定要标有页码，第二页上也要打上你的名字。（你的简历可能会掉到地上，这样也便于别人拾起来并重新规整。）将有关信息置于随后各页左上方比较合适。

# 第六章
# 初拟简历

你可能直到现在都因为恐惧和顾虑而不愿撰写简历。在你事业的最初阶段，撰写简历的确是令人望而生畏之事。你可能因为自己是没经验的高中或大学毕业生而紧张不已，因为自己想去找工作但简历上没东西可写。从根本上说，找份好工作的最佳途径是你毕业于好学校且成绩优异，并积极参加校园和社区活动，担任领导职务，所学专业热门而且表现出强烈的职业道德和良好态度。

以下是对刚毕业的学生写简历的一些建议。

**178.** 发现你的长处，并且找到最能发挥你长处的工作。如果不清楚自己有何长处，就做一次能力测验，并让亲戚朋友出出主意。一旦明白了自己的长处，就在简历上表现出来。

**179.** 要善于利用你能得到的简历资源。许多学校、学院、大学里有简历写作工作室或研讨会。此外，别忘了求助于知识广博的辅导员或职业顾问，他们知道招聘经理想在简历上看到什么。

**180.** 仔细查看招聘广告,找出哪些条件你已具备哪些要求的条件你还不具备。或许你想从事酒店管理工作,而你的生物学学士学位看上去与此不太相干。但是,你可以通过表明你充当生物实验室助手之时获得了与人交往的经验,从而打消招聘经理的疑虑。那是份劳神费力的工作,而且你的交际能力也赢得了赞誉。(不要说你够格是因为你住过很多家酒店,除非你想充当酒店门口的站班。)

**181.** 脑子里要想着,自己是一个刚毕业的学生,只有靠自己的潜力和学术成就才能找到工作。研究领域内与专业有关的实习经历和暑期工作也很重要。

**182.** "展示你最好的一面。"这句老话是一位当红足球教练说的,他的原意是说,人要善于扬己所长。对于刚毕业的学生,这意味着要绞尽脑汁想出你做过的哪些事能转变成简历上的闪光点。例如,你刚刚高中毕业,想要一份本地社区中心休闲指导的工作,但是似乎没人认为你年龄够大或者条件够硬。你可以在简历上列出儿时做过的暑期工作,那时你召集附近的所有小孩,教他们读书、写字、舞蹈和唱歌。孩子的父母喜爱你,因为你充当了免费日间看护中心的角色。孩子们喜爱你,因为你令他们如此快乐。将这一经历巧妙转换成简历中的下列内容:暑期休闲指导人,指导 5 ~ 7 岁的儿童读书、写字和舞蹈,因主动精神、幽默感和组织能力而赢得父母的赞誉。

**183.** 要有创造力。当招聘经理说完"等你有些经验了再来见我们",而大门也在你面前砰然关上时,是时候坐在电脑前列出雇主乐意聘用你的理由了。要使这些原因适用于特定工作。要令人深信不疑。你的言辞要有说服力。你的真诚与创新精神可以让你得到面试,而且,如果足够幸运还可以得到工作。

**184.** 作为应届毕业生，要充分利用你应聘的优势方面，不要不好意思说。年轻、健康、单身无子女是值得一谈的资本。你不必非得贬低共同的求职者而抬高自己（比如说：我比你刚面试的那个猥琐的老家伙强多了），但是作为年轻、没有经验的求职者你可以找出让你与众不同的事情，并且让这些条件成为你真正的求职资本。

**185.** 采用倒时序写简历（参见第四章有关格式）。

**186.** 在活动部分列出学术聘任、奖学金、职务和任职部门。

**187.** 只有当你的平均分很高或者较好时，才可写上你的平均分数。假如你要列出你大学主修课程的平均分，这很好，但是一定要明确这么做的目的。不要企图蒙混过关。例如，学科总评仅为55，就不要撒谎说是80。

**188.** 不要把信封塞得满满的。简历不要附带其他东西，如报告、论文、报告封面、蓝皮书、抄本或推荐信。当然，招聘经理特别要求提供的材料除外。

**189.** 作为职场新手，你可以提供一份技能概要或者专业概要，也可以不提供。你可以简述你在校期间通过从事任何工作而得以提高的技能。突出你的技能。此外，当今的简历都能上网搜索了，因此要精心挑选简历的关键词，这对你的简历被挑中以便有机会参加面试来说非常重要。

**190.** 为不同类型的工作撰写不同类型的简历。好在此时你刚出校门，精力充沛并且对正确的写作方式记忆犹新。

**191.** 一定要写上你在高中或大学里学会的所有相关技能。

**192.** 运用你的体育运动背景以展现你的团队精神。你的简历如果不是很有分量,那就列出你所参加过的运动队:足球队(连续两年被评为最有价值球员),或者垒球队长、网球俱乐部单打冠军等内容。

**193.** 你如果刚高中毕业,要提及你的科技汇展项目获奖情况和研究论文成果。

**194.** "工作经历"部分要仔细编排,这取决于你工作的时间。如果刚毕业,要将教育背景列于工作经历之前。你能被聘用主要靠你的成绩、你毕业的大学和在校期间的活动。但是,如果已经离开学校5年以上了,就将教育背景列于工作经历之后。

**195.** 如果是年轻女性,不要宣扬计划几年内就"组织家庭",即便这是真的。你想要雇主花大把的钱培训你,而又大谈自己计划生小孩,这可不是什么好事。

**196.** 撰写简历时要强化你作为一名新人的有利条件。换句话说,你将要面对许多不利方面(没有经验或经验不足),要将其转为大大的优势。强调你是高手,你具备有用的知识和技能。你刚出道而且面临激烈的行业竞争(不管什么行业)。例如,你如果想当老师,那就熟悉当今的教育趋势。你了解当今学校的所有安全措施;通晓如何处理性别歧视问题和性别偏见诉讼;明了如何备课和教学才能确保学生获得通过测试所必需的知识。

**197.** 强调新人可塑性强的一面。要寻找途径在你的简历或求职信上拔高聘用职场新人的种种好处。你善于接受新思想。不要动不动就说"我们过去就是这么做的"。你像一张白纸,时刻准备着被第一个雇主打上他的行事偏好和轻重缓急的印记。

**198.** 钻研你的专业热点,一定要在简历中展示出来。

**199.** 考虑业内年长的人可能缺乏的技能,例如对计算机的掌握,并且强调你在大学里已经学会了这些。要具体说明你精通的软件。

**200.** 要写上每件能表现出你的发展潜质的事情。虽然你缺乏社会生活经验,但是也要让那个足够精明的聘用你的公司主管多年后仍然洋洋得意。

**201.** 要精练而实际。你的简要陈述不要过于面面俱到,也不要华而不实。你可以说:谋求团队环境中积累职场经验的食品服务行业职位。不要说:谋求极为令人愉悦而富于挑战性并能展现出众技能的食品行业职位。

**202.** 一个毕业新人不要过分自以为比 1984 年的毕业生懂得更多。你的面试人说不定就是 1984 年毕业的,他会把你的满腔热情看成狂妄自大。

**203.** 要善用"发挥"这一概念。要将诸如实习这样简单的事情发挥成看上去要比实际情况复杂得多。严格地说,你这么做并没有欺骗招聘经理,而他也会喜欢你这种自我发挥的独创性。

**204.** 你如果是一名没工作过或没实习过的毕业生,你的成绩也无可称道,那就拔高你的教育。你如果只是在签到处帮过忙,就用这一招吧。你如果多次被老师留堂,以至于老师都让你当他的助手了,就把当助手的事儿好好说一说。你如果喜欢上新闻摄影课,不妨大谈一番你拍摄的照片被学校年鉴刊登的事情。

**205.** 如果你应聘的工作不要求博士学历而你偏偏有一个,不要将你这一教育背景写到简历上。如果面试人员面试时特别地询问你的博士学位,要实话实说。不要有事没事就拿出来显摆而冒失去工作的危险,因为你可能会被认为"条件过高"。这种担忧在某些雇主心中根深蒂固,他们自然而然地想到,既然你学历那么高,当你能找到更好的工作时,你肯定会一走了之。

**206.** 不要大肆吹嘘,试图将自己吹捧成不可多得的人物,从而使求职一败涂地。你如果刚入行,这么说也没关系,但是,不要让人觉得你自以为是,或是觉得你认为在公司任职是给了公司莫大的面子。换句话说,不要要求负责某一部门,或大言不惭地说你计划干一年就当头目。现任经理对此会很反感,而此人对于是否录用你可能正好有发言权。

**207.** 不要将"爱岗敬业"用得过火了。的确,每个公司老板多少都对自己的生意有些虚荣心。那都是他靠血汗、眼泪和操心挣来的。但是,你如果将简历弄成一份给公司的求爱信,没有人会拿你当真。

**208.** 简历中不要把自己放在过于卑微的位置。要真诚坦率,而且合乎伦理道德。不要在电话里或简历上告诉面试人员,你为了得到面试"什么事情"都愿意干。

**209.** 要避免俏皮的语言,否则你会让招聘经理以为你太年轻(或不成熟),这可能对你没好处。

**210.** 要将技能概述或者工作意向放在简历开头以明确你投出简历的目的。

**211.** 询问你的亲戚朋友,看看能否找到一个前任或现任雇员可以告诉你公司看重雇员的哪些方面。然而,不要冒昧打电话给一个彻头彻尾的陌生人,不要有就因为他在那工作,你就想借用他的想法。否则,你会冒一败涂地的危险(那人或许会传出去,有个求职的古怪家伙试图套他的内幕信息)。

**212.** 拔高兼职工作、经历和与你谋求工作有关的好声誉。不要只是交给雇主一份流水账。他不会从头到尾看的,只会随手扔到一边。

**213.** 如果你从未工作过而没有任何受雇经历,那么简历中的标题要采用"经历"而非"受雇经历"。

# 第七章
## 居家妇女怎样写简历

　　所有经历都能转移到职场上。因此,如果你近 20 年都花在抚养子女和做家务上,你的确具备许多技能,但是你需要撰写一份能充分突出这些成就的简历。你如果是重返职场的家长,你会发现撰写简历多少有些挑战性。花时间做好简历,你会如愿得到一份有回报的职位。

　　下列建议是为那些近年来主要专注于子女和家庭的人准备的。

**214.** 有人总是试图掩饰自己是一名居家母亲这一事实,让简历阅读者不得不去推敲那些含糊其辞的词语。建议大家不要这么做。要襟怀坦白、不卑不亢。要夸耀你所学到的东西,并且当面展现这些技能。

**215.** 要面对现实。你需要先找份工作学习技能。构思简历时暂时将理想埋在心底,试着以后实现你的梦想。

**216.** 准备一份易于调整的简历。记住,你可能不得不暂时放下你真正想做的工作,直到你干出一定成绩。不能一步到位亦无不可。

**217.** 要做数份简历，因为你需要谋事周全。不要轻易说，"我干不了"或"我不想干"。如果你初次谋职时只能得到一份养狗人的工作，还是干吧。你会通过取悦他人、照管动物和安排会见赢得声誉，所有这些都能转用于其他工作。

**218.** 要明白简历的焦点在何处。即使除了少年时干过的小活之外，你全无工作经验，你也可以明智地突出你通过这些年打理家务、照看孩子所获得的技能。

**219.** 回想一下你擅长的事情，考虑如何将其转用于职场。换句话，你可以说是一个了不起的组织者，这意味着你像训练教官一样照管你的家庭。在公司社会中，这能转换为"高超的组织能力，能有效保证机构运转平稳，员工工作高效，主管人员并然有序、职责分明"。

**220.** 不要忘记写上你照看子女和做女童子军首领时练就的人际交往能力。这能转换为"经过多年解决矛盾、日程协调和预备役训练经历而得到的高超的人际交往能力"。

**221.** 一定要列出所有兼职工作并列举出从中获取的技能。

**222.** 强调你多年从事厨师、保姆、管家和园丁工作的经验，因为这些可以转换为"具有管理员工的丰富经验并且善于解决团队问题"。

**223.** 列明你通过照顾婴儿所提高的必要技能。这表明你可以承担保姆、日间护理员、社区工作人员、社工助理等工作。

**224.** 列明你安排和管理学步婴儿和学龄儿童的活动。你如果积极参与子女的活动（俱乐部、体育活动、学习班、兴趣活动），你无疑是了解孩子们的,这能转用于任何与儿童有关的工作。如,儿童看护机构员工或主任、助理教师、自助餐厅员工、教会育儿所职员等。运用与幼儿看护有关的能力你可以应聘休闲指导、健美主管或旅行车司机。

**225.** 列明你培养出了时间—效率专业技能。许多繁忙的商业主管、医生和律师需要雇员帮助他们处理保持与外界联系、安排日程等事务。此类大人物日理万机,仅仅靠一个策划人或者掌上电脑做这些是远远不够的。你要表现出你是如何对多重事务应付自如,并将家庭管理得井井有条的,这样就会有人愿意给你一份有趣的工作。

**226.** 列明你做了多年的特色烹饪。任何饭店餐厅都需要一些想提高手艺的入门级助理人员。通晓厨房手艺将帮助你得到这些工作,从而进一步得到一份私人主厨的工作。

**227.** 列明你自己会开车(送孩子)。想想这如何转换:豪华轿车驾驶、送花或其他商品、充当老年人的帮手。

**228.** 列明你能够精确地安排日程。如果你想做接待员、主管助理和秘书工作,安排繁忙人士的日程是很重要的能力。

**229.** 列明你一直负责家庭的采买工作。一个常年为家庭诸多事务操劳的人当然知道如何采购。

**230.** 集中表现类似的可被转移的其他技能。这些技能可使你从事许多收入不菲的工作。

**231.** 列明你所做过的辅助工作。拔高为人父母的一些具有创造性的方面:如工艺制作指导、做剪贴、摄影、晚会策划等,所有这些也是你可炫耀的技能。

**232.** 为了充实简历的技能部分，要做一些零工。到招工中介那里登个记，找点事做。

**233.** 在简历中表现出你是勤奋工作、物超所值的员工，而且你知晓如何努力工作。

**234.** 列出你处理人际关系的能力。多数家庭主妇擅长找到称职的人，不管是园丁、义工，抑或校园剧目的编剧。在你的简历中，可以表现得像个能干而善于创新的公关人，能成为非营利组织的优秀雇员，他们需要那些联系广泛并且懂得如果运用关系的人。公关公司也可以聘用你这样的人。

**235.** 当你看到报纸上的招聘广告时要迅速投出你的简历。此外，在求职信中一定要提到招聘广告及其刊登日期。

**236.** 要持灵活开放的态度。因为你缺乏实际的职场经验，雇主开始可能会给你个"试用期"。这对你有多种有利之处：你会尝试不同的业务环境、计算机系统、同事关系环境。另外，每次你做一项工作，你就能培养出更多有助于充实简历的技能，并且让你成为公司更具价值的员工。

**237.** 要请专业招聘人士和猎头帮助你找工作。你如果在多个地理区域求职，要与特定区域的招聘专业人士共同努力。（有关招聘人士的信息参见第二十七章）

**238.** 在定稿之前请猎头细读你的简历草稿。请求他对简历措辞、技能罗列和篇章布局提出诚挚评价。然后，采纳这些建议，修改、修改、再修改。

**239.** 即便猎头们对你的简历评价不高,也不要灰心丧气或怏怏不乐。这些人干的活就是帮人找工作。如果他们能为你找到工作,他们会尽力的。自然,他们更热衷于那些工作经历和技能突出的求职者。如果你处在他们的立场,难道你不会这样吗? 但是,我们深信,只要你花时间用你的经历去充实你的简历,他们会对你另眼相看的。

**240.** 记住,猎头的有利条件就是完全专注于职场,并且熟知你和你的背景。此外,你如果得到一份工作承诺,猎头通常是绝好的谈判者,有时还能为你争取更优厚的工作条件。

**241.** 不要在猎头那露个脸就转出去听歌剧、睡午觉了。对自己的求职一定要主动、用心。对于找工作这事儿,没人比你自己更上心。

**242.** 联系你的人际关系网和专业人士寻求工作先机。询问他们你是否可以在必要时让他们转递简历。告诉亲戚、熟人和所有朋友,你正在找工作。请求他们向你提供任何适合你的工作先机。

**243.** 查找存有疑问的推荐人。如果你想将某个熟知你能力的人列为推荐人,例如,你做过的非营利志愿工作,但是又不能肯定当时的上司会给你好评,那么就要请招聘人士或者你的朋友打电话求证一下。在此提示几个可能被问及的问题:这名雇员的工作表现如何? 她可靠与否? 你如何评价她的交际能力? 她在志愿者中心能否与他人和睦相处?

**244.** 如果你需要一份推荐人名单,选择你的一个主管或者一起工作的同事作为推荐人。

**245.** 简历中不要解释你为何要找份工作（离婚、穷困潦倒或需要养活正在上学的子女等）。要像其他求职者那样去求职。你不要羞于提及自己做了 20 年家庭主妇这一事实。要对自己的所作所为感到自豪！

**246.** 招聘经理要是想进一步探究你的底细，不要对自己简历上没有太多的实际工作经历惶恐不安。抓住关键点——你具备能够转用于职场的有用工作经历和强烈的职业道德。你需要机会来施展你的才华。

**247.** 不要在简历上罗列孩子的名字和年龄。这给人的印象是，你会喋喋不休谈论子女（而非做工作），而且有些雇主不喜欢聘用要照顾多个子女的人。此外，对简历的"个人情况"部分过度耗费笔墨也是不明智的。你的目标要明确。招聘经理不是要面试一个最佳友人——他想要的是优秀的雇员。

**248.** 写上你照顾年迈父母时所承担的责任。例如，如果你曾帮助你亲爱的老奶奶管账、做证券代理、照看田地、代管家务和经营过房地产，就要在简历上炫耀一下。

**249.** 有关失业期间或者你为配偶打工的问题要适可而止。言语要慎重，少说为佳。你的私生活是你个人的事情。不要动不动就谈起来。人们往往犯这样的错误，在简历以及面试中过多谈论自己的私生活，这可不是件好事。招聘经理通常对那些过分殷勤的人心存疑忌。他们可能将你想象成终日端个茶杯喋喋不休聊天的人。

**250.** 简历上不要列出"离婚"或者"单亲父母"的字样。有些求职者错误地认为这样的描述会为他们赢得些许同情，可能有利于找到工作。可事实并非如此。更有可能的是，招聘经理会被你的坦率吓退，或者疑惑单亲父母是否会因为"家务缠身而无法成为可靠雇员"。简历上一定不要谈及你的分居、离婚或者婚姻状况。你不要觉得自己非得透露这些信息不可。没几个面试人员会关注这些事情，以防引起赔偿（法律禁止歧视离婚、子女负担过多等）。

**251.** 如果你找工作时正在闹离婚而你和你的子女可能正在应付经济压力，在简历上、电话里、面试中不要显得难以为继或者走投无路。招聘经理不了解你，你如果想通过博取同情而得到工作，他可能会下决心不去了解你。因为公司事务与情感无关，这么做是明智的。这意味着即便你投出简历时或与某人谈到面试时，禁不住要潸然泪下，但你一定不要谈论你的私事。

**252.** 要专业一些，听起来乐观一点：要想着你是与一位正在寻找合适雇员的招聘经理谈话，他可不是你新交的、理解你困境的铁哥们。

**253.** 求职过程中要自信一些。当你投简历给某公司后，打电话确认一下人力资源主管已收到你的简历。抓住机会再询问一下他们对你还有什么要求。

# 第八章

# 制作合适的简历

当你休假、退休或失业后重返职场,你或许要制作不同的简历。比如说你是位头发花白的老爷爷或刚离了婚而急于找工作,或者因身体状况欠佳而担心有人会不要你,或者刚刚出狱担心因为有污点而找不到工作。你这么认为是正确的,撰写简历要特殊情况特殊对待。然而,你还可以采取许多展现自己优势的方式引起招聘经理的注意,这样你还有可能得到面试机会。

实际上,有的公司的确对上述情况存有偏见,但这并不意味着所有雇主的大门对你都是关闭的。想象着你就是那个做招聘的——你会给回头浪子一次机会吗?单单这一想法就能激励你。要坚持不懈,记住你工作多年所获取的丰富经验,并且将这一优势写入简历。你有能力,你是经验丰富的老手。你拥有众多可供推销的优点。当你向初次见面的招聘经理递交简历时,不要称自己为"老爷爷"或者"老奶奶"。你要表现得生机勃勃,但不要行为古怪。

如果你离开职场有些时日了,可以按照下列建议用简历推销自己。

**254.** 初次参加培训应聘,教育背景不应置于你简历的前端,除非你是初次参加培训或应聘。

**255.** 简历的开头要一个概述,这有助于招聘经理形成初步印象,你想说什么、想得到什么。概述能代替工作意向,特别是这两项内容相互重复时。在概述中说明你为什么适合某一特定工作。对招聘经理来说,通读你那繁多的经历与技能或许是件令他望而生畏的事情,这甚至会令他转而寻求一份相对简单的简历来看。

**256.** 你撰写的简历要表现出自己是个条件优越的求职者。要避免将自己描述成"一个老古怪"或者"一个漂亮女人"。你如果感觉自己高高在上,并且表现在简历上,你就很有可能得不到面试机会,更别说是工作了。

**257.** 你如果离开职场多年,你大概应该选择功能型简历(参见第四章)。这是展现你能为雇主做什么的好方式,而且能避开你的年龄和其他由此引起的不利因素。

**258.** 如果你头发花白,不要迫不及待地列出这辈子做过的所有工作。实际上,即便你对此引以为豪,也不要这么做。在竞争激烈的求职中,老相并非优势。你如果是求职争夺战中的老手,就展现你的能力并且淡化你从事过许多工作这一事实。

　　仔细衡量经验与技能的影响力以决定简历包含哪些内容。如果职业经历较长的话,应舍去一些事情,但对内容作出明智的选择也很重要。在工作经历一栏,你可以写上志愿者工作、慈善团体主席和自由职业。然而,10年以前的工作就不要写了。

**259.** 要对你想加入的公司做大量调查工作以使你自己出类拔萃,并且调整你的简历以适合其企业文化,从而表现出你了解其需要。你应当发现自己从事有关工作的所有优势。核实该公司的网站,并且试着与该公司的前雇员或熟悉该公司情况的竞争者交谈。调查过程中,你如果发现重大消极因素(如该公司面临倒闭),要不动声色,仿佛你未发现这一信息(除非这一信息使你改变了主意)。

**260.** 简历的教育情况部分不要注明日期,因为它们肯定会成为你所属年代的标志。招聘经理当然知道你是有意这么做的,因为告知自己的年龄从策略上是不恰当的。但是,这也好于让年龄直白地出现在纸上,因为你的简历要在公司中一群三十多岁的人中传来传去。

**261.** 善于利用网上招聘。(参见第二十四章和第二十五章,有关电子简历和简历搜索。)你如果不知道怎么做,可以找人帮忙。

**262.** 不要倚老卖老,以不懂计算机为荣,在求职时还是对此好好保密为妙。现如今,与时代脱节是没什么值得炫耀的。招聘经理可不会欣赏你这种特立独行的"大老粗"。实际上,这会毫无疑问地使你被归入落伍、不可聘用的老古董之列。

要是你想转行(你再也不想做那份干了30年的行当了),那么学一些网络和电脑方面的技能不失为一个好主意。你必须能使用文字处理和电子制表软件,以便收发电子邮件和进行网上搜索。(正如某位主管所说,"我不管他们用什么办法获取信息,但是他们必须能够从网上查找信息……")

**263.** 表明自己一直保持"政治上正确"。今天,大家用"团队"这个词,而不是"团队工作"。职场上有"残障员工"而没有"残废员工"。我们鼓励"多样性"而不是"对所有种族的开放性"。别人会通过这样的事情对你做出判断,因此要注意你简历上所写的东西。

你要是打算与应聘岗位的众人和睦共事,就不要在你的简历或者求职信上表明任何种族态度。例如说"我一点都不歧视黑人和墨西哥人"就不一定会有好的效果。现在的招聘经理会假设你没有种族偏见。如果你指出来你没有,这只会引起不快以及别人对你真实立场的怀疑。

**264.** 弱化那些听起来陈旧且华而不实的称谓。当今的工作名称更加实际,因此,如果你认为你过去的工作名称会使你显得过时,那就变换一下措辞。

**265.** 强调冷静而有效解决问题的能力。经验老到是个优势。要体现你经多见广,遇事不慌。

**266.** 表明你愿意承担重任。当经济不景气时,年长者明显具有忍辱负重的优势。因此,这是值得强调的优点。

**267.** 表明你乐于跟同事和上司相处,并且在实际工作中能真正做到这一点。因为你多方面的工作经历使你深深懂得如何更好地为公司效力。

**268.** 展现出你是个优秀的多面手。一些招聘经理和主管们承认,他们在聘用(或者不聘用)年长者时持有偏见。"我担心,尽管这个推销员擅长销售,但可惜的是他不一定能保持他的销售纪录,因为我们各部门完全是网络化的。"让你的简历显示出你能做好该项工作要求的任何事情。如果不能熟练使用某个重要的软件,那就立刻开始学,或者表现出你能很快学会的自信来。

**269.** 不要为了谋取工作而自欺欺人。如果公司电话联系你谈到你不熟悉的事情,不要假装你明白他在说什么。尽可以问:"你说的'建立共识'到底是什么意思?"

**270.** 说明你为之前的公司所做过的事情以强调你能为现在公司作出贡献。多方获取信息。坚持正面的自我会话:你是这一领域具有多年经验的专家,这便是一种全新的能力。不要自我感觉老了。

**271.** 简历中不要遗漏与你谋求的职位相关的信息。不要离题万里——这是一个常见的缺陷。不着边际的空谈者通常都不是很有建树,职场中这种人已经人满为患了。

**272.** 善用关系网。参加主管们的聚餐。让你周围的人得知你在找工作。在你所有的俱乐部和健身中心放出话去。运用你的关系网或许是找到新工作的好方法。

**273.** 在简历和求职信中,要专注于回答雇主的头号问题:"你能为我做什么?"你要做的就是阐明你被聘用后将如何有助于提高公司产能、人员士气和盈利。

**274.** 表明你可以降低你的期望值(你做了 20 年商店经理,但现在只是想要份零售工作——不是想当部门领导),当你去面试时,要表达这个意向,但在简历上不要过多表露。那会被误解为:"我当经理当得看见人就烦。"或者:"我厌倦了拼命工作,所以我想自在几年。"反之,要谈论你能做好的事情,而且告诉招聘经理这些技能可以转用于零售、仓储或者其他合适的工作岗位。

**275.** 确保简历的技能部分足够充实,以便展示自己为何适合于应聘的工作,即便你最近的工作与此毫不相干。不要让招聘经理去思考你的技能与目前工作的关系。相反,你要做解释工作,为何你非常适合做房地产官员的秘书,而你最近的工作是一流的老师。要有说服力,才可能得到面试机会。

突出展示你这一职位空缺的信息。如果你过去是高中校长,而现在想找份百货公司客户服务的工作,你就应着眼于相关的技能:矛盾解决技巧、良好的交往能力和对顾客的亲和力。好好想一想,你一定会发觉最近的既往经历有益于新工作之处。

**276.** 回答这样的问题:如果遇到棘手的问题,你会怎么做?这可能是招聘经理考虑某个离开职场多年的人时脑子里想的问题。你懂得即兴发挥吗?你是具有主动精神的人吗?你善于解决问题吗?你能主动寻找问题答案吗?你采取行动时愿意与相关部门协调吗?

**277.** 强调你集中精力做事和采取专业方式的能力。你要让雇主了解你不想沉迷于无休止的闲聊。除非你想应聘沃尔玛的接待员，年长的人有时候会因为离开工作场所一会儿便被认为过于"絮叨"。你的工作就是树立自己的专业形象。要让你的简历反映出你是个工作努力、富有能力、胜任工作、不浪费同事时间和能够和睦相处的人。

**278.** 当你列出自己做过的临时工作时，没必要谈到临时就职的公司本身。相反，列出你事实上供职的公司。再者，列出你得到提名表扬的所有成就，或者在你看来你在这些岗位上取得的成功。

**279.** 记住，过时简历的一个特征就是大串罗列个人项目。在10年前，让雇主知道你是个篮球天才或者赛狗会的佼佼者倒是件好事，但是在今天的职场，这些信息还是留到面试时再说吧，而且即便到那时，如果被问及，你也应当只谈你的爱好、娱乐和体育运动。

**280.** 不要招摇过市地说"我对高科技一窍不通"。不要投出用古老的针式点阵打印机或者机械打字机打的简历，除非你想搞得尽人皆知，你跟不上今天的科技发展。你投出的简历要用电脑排版并且用激光打印机打出来。

你如果没有计算机，你大概知道谁会有吧（你的孩子、侄女、侄子、孙子）？如果都没有，你可以去社区中心、图书馆，或者找人制作简历。

**281.** 试着找个愿意证明你的才干的人。当你积极找工作时，如果有人保荐你，表明你的长处，那么用人单位更有可能给你机会。如果有人能给出一份有关你的能力和职场发展潜力和高超技艺的推荐书，这对你获得面试机会意义重大。那人如果是以前的同事或者上司，一定要将其列入你的证明人名单中，并在求职信中注明。这能使你领先于其他竞争者。

**282.** 当你打电话确认简历是否到达时，听起来要精力充沛并且交谈简洁而切中要点。有时候，年长者可能会靠一份优秀的简历吸引招聘经理，而后因为在电话中过分啰唆而毁掉自己的机会。对招聘经理来说，如果说他以为你是个啰嗦起来没完没了的人这会是个不好的先入为主的印象。这对你没一点好处，考虑到传统上大多数的岗位因为社会化的原因，都存在时间的浪费问题，为什么要宣扬你是那个带头闲聊的人呢？时刻想着，大多数公司要的是高效。

**283.** 如果能强调一下你所擅长的事情那就更好了，多年的工作经验值得一提，而年长这个问题就不要提了。社会中确实存在年龄歧视，无论我们乐意与否，职场也像其他地方一样，都有这种情况。要适应而非抵触，这有利于再次找到工作。

**284.** 不要在简历上强调你蹲过大牢。但是，面试时要坦诚相告。你必须说明你有犯罪记录。你如果对此隐瞒而最终被发现，你会被解雇的。你如果想在一家百货大楼工作，而你又有入店行窃的记录，雇主有权决定是否给你机会。他可能乐观一些，进而聘用你。

**285.** 如果身体状况欠佳，只有在影响你工作的情况下才有必要透露这一情况。例如，你想要做敬老院的休闲指导，但是你坐着轮椅，你应该在简历上说明，但是也要让人放心地知道，你明白如何去工作，你的不足不会影响你做好工作。

**286.** 你如果是个戒掉毒瘾或酒瘾的瘾君子，而这又会影响你工作或者与你的工作岗位有关，你必须披露这一信息。例如，你是一个酗酒者，想要做酒吧间销售酒精饮料的人，你必须坦率，让准雇主能信任你。你必须确信你能应付那种狂欢痛饮的场合。他说不定就会要你。

# 第九章
# 了解艺术领域的期待

有些不同寻常的简历不必循规蹈矩地撰写,比如为那些不依循传统的职业准备的简历。只有确定简历会被所欲从事的行业接受时,才可使用非正统的简历。记住这点很重要,在某些独特的行业求职的难处是,一旦某一简历给人感觉不太好,只有被扔进纸篓。有些招聘经理势利得很,以其好恶论短长。

下面是有关特殊行业简历撰写的建议。

**287.** 要确保你的简历包含所有正规简历的必要内容(参见第一章和第二章)。

**288.** 如果从事某种艺术职业,允许部分偏离常规,但你的简历仍然要保持简洁,并且你的作品样本要有闪光之处,才能推销你的技能。使用怪异字体或图案而难以阅读的简历会赶跑阅读者,而不是吸引他对其深入研究。

**289.** 如果从事与剧场有关的工作,你的简历需要以一段具有说服力的概述开头,如果你是律师、教师或者医生,也应当这么做。你不能像记流水账那样列出你的舞台表现,那对你推销自己毫无益处。你的

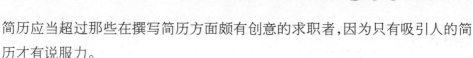
简历应当超过那些在撰写简历方面颇有创意的求职者,因为只有吸引人的简历才有说服力。

**290.** 如果寻求一份艺术行业的工作,你应当使你的简历显得耀眼。但是不要做得太过,以至于听起来像个疯狂的、无论多么怪诞的事情都干得出来的"创新人才"。相反,要凸显自己是个专业人才:"经验丰富的摄影造型师,有志于取得杂志工作经验,并且兼职或者全职工作均可。"

**291.** 在求职信中提及你拥有的作品剪辑样本。不要将其附在简历中,也不要坚持让招聘经理过目。自然,如果你是个艺术家、时装设计师、建筑师、绘画艺术家、广告或者公关奇才、摄影师、摄影造型师,或者其他需要用图形而非言辞展现自己天分的人,则不妨使用这些手段。但是别人通常不会花时间看你的作品剪辑,除非你能取得一次面试。要用文件夹装订这些样品,并且要附上内容目录。典型的组成部件是作品样本(你最杰出的作品)、简历、推荐信、获奖证书、媒体剪辑、执照。

**292.** 如果你是位发型设计师或者从事其他有固定和忠实客户的艺术行业,在推荐人名单中而不是在简历中附上客户的推荐书是个好主意。这很有帮助,因为如果不这样做,雇主除了你的言辞之外没有其他东西可供佐证(我有4000个忠实的追随者,他们会到我新来的沙龙做头发的)。

**293.** 要明白,在设计行业,字体选择和蹩脚设计可能比缺少经验更会使你的简历遭到弃置。

**294.** 不要在简历上或者求职信中博取同情。例如:"我找遍了城里每一处,被每一个人拒绝,我希望你会给我一次机会。"

**295.** 不要说你为找到工作愿意做任何事情,别人会为你是个走投无路的家伙。

**296.** 在艺术领域中,不要冒充老资格,招聘经理看一眼简历就会明白你在撒谎。

**297.** 不要高攀达官显贵以使招聘经理相信你确实"玩得转"。

**298.** 不要在简历中画蛇添足,提到你所知的有名的工作室等,除非你确实在那干过(只是去过那不算数的)。

**299.** 不要夸大其词。艺术行业面试人员善于辨别水货,而且他们较之没经验更看不起欺骗行为。

**300.** 强调你在继续教育方面的不懈努力,这在艺术行业总是很重要的。如果你做了20年室内设计,要证明你一直关注潮流的变化并且紧跟时尚。

**301.** 一定要附上你的设计或者列出获得的所有奖项,说明其意义。不要指望雇主能明白你连续5年在赛狗会上被授予"顶级"驯养师究竟有何意义。

指明你获得的特定证书,例如FTD设计大师(养花人的)。你不必夸大那些知名的赛会,但是一定要略去那些不知名的赛事。即便你被多少名不见经传的比赛所认可,又有什么意义呢?

**302.** 如果你从事时装行业或者绘画设计,你的作品剪辑就是主要的营销工具,一定要在简历或者求职信中提到这些东西。利用你的作品剪辑让你与众不同。附上你最得意的和能展现你的天才与能力的作品。你可以依靠优秀的作品和强有力的简历闯出一片新天地。当你选择作品剪辑中要表现的作品时,要考虑应聘的公司。选择那些适合该公司特别"口味"的东西,不要用那些他们不感兴趣或者不适合他们风格的。你要向公司展现出你具备的、令他们高看一眼的优秀素质。(从你的作品剪辑中挑出一件进入设计学院时创作的作品,一件毕业设计和一件为进入职场的创作。)不要羞于拿出发表在出版物或者时尚杂志上的作品剪辑,并且要送上曾给你带来声誉的作品。

**303.** 在描述你的专业经历时,要尽可能细致地描绘出你所从事的每一项工作的有关职责。不要认为面试人员会了解你。不同的公司其岗位职责是不同的,因此你的职位名称不可能是通用的。例如,某些杂志社的主管编辑做编辑工作,而其他杂志社该职务却承担着管理角色,你要顺应这种变化。如果一直担任主管编辑一职,而你试图找份主编的职务,你必须证明你已具备编辑他人作品的能力。你可以在求职信中提及你有很多出版的样书,大部分是你做的编辑工作。

**304.** 强调过去工作中能适用于你所谋求工作的因素。

**305.** 要向准雇主清晰描述你对这份工作的看法,如果你是婚礼策划人,你认为婚礼策划的意义何在? 求职信和简历中的描述要具体细致。

如果你在殡仪馆从事化妆和发型设计,说明你是如何为死者做这些事情的。你征求死者家属的意见吗? 你的处理方法是因人而异还是始终如一?

**306.** 如果你是这一行的新手,而且正试着入门,你可以列出在学校获得的创新奖项——高中和大学的,还要说明其意义。但是,你如果是 20 年以上的老手,一个 40 岁的人还从头到尾吹嘘七年级获得的奖项,这会让招聘经理对你的简历不以为然。

**307.** 你要是花了一段时间从事自由职业,要清晰地描述出你的所作所为。你做商业客户的工作吗? 是自己找的工作还是靠人推荐？业务繁忙吗？因为太忙而工作效率低下吗？

**308.** 写上正在独立学习的内容。提供学科类型的细节、其相关性及其将如何增长你的才干。

**309.** 要对你的才能鼓吹一番，为了得到工作，创新型人才都会这么做的。"表现出了高超的设计能力，其特色设计获得了编辑人员的好评，等等"。

**310.** 即便从事的领域深奥无比，你仍然可以抓住良机突出自己的工作如何使公司获益。例如，你可以表明你作为商品陈列设计师在任职的两个月内使销售额提高了15%。要细致再细致！不要羞于夸赞自己所获得的赞誉。这是简历中最受招聘经理关注的部分。

**311.** 提供大量有关工作范围的细节。换句话说，如果你是位私人主厨，你可以指明，你是为尊贵客人置办大餐，还是为因病卧床的人准备一日三餐。

在绘画艺术这样的领域中，一定要细致描述你是自主设计还是将别人的设计付诸实施。

**312.** 若要体现自己是某个管理职位的恰当人选（时装、艺术印刷、戏剧、设计），你必须强调领导和建设团队的能力。面试人员通常会在艺术领域中寻觅主角人选，因此，必须指明你能与其他主角、配角和管理人员和睦共事，以体现你与众不同。反之，如果你过去与同事关系紧张，自己知道就行了。你不能用不实之词推销自己，但是也没必要四处张扬自己不行。

**313.** 强调你的灵活性与创造性。如果你从事任何形式的艺术行业，从私人烹饪或采购到婚礼策划到风景设计，尤其要突出你富有惊人的创意。

**314.** 不要强调那些无关紧要的知识和技能。这标志着写简历的人稚嫩得很。同样，一个百老汇大牌导演是不会对你曾为高中音乐剧制作过布景感兴趣的。反之，如果你曾充当过作者的助手，并且你想在出版公司谋求一份入门水平的工作，这份先前的工作会使雇主感兴趣的。

**315.** 要突出那些能让准雇主将你视为主角（而非小角色）的能力。若只是为摄影棚的首席摄影师打扫过卫生，或者用发声玩具逗过婴儿，并不代表你有资格说在这一行"历练"过。

**316.** 除了简历，如果还要求你提供"原始的"、"未经加工"的作品样本，也不必大惊小怪。如果你的原作经过别人加工润色，从而比原作大为改观，招聘经理就难以判断你属于哪一类艺术家或作家。因此，他们想看看你自己能做什么。如果你的作品经过很多加工或者表现平平，较之于那些作品更符合主管需要的人，你的竞争力就有限了。

**317.** 要在简历上强调你能按时完成工作（如果这是你的优点）。在这个不断创新的社会中，做事缺乏条理和拖拖拉拉是个问题。天分与守时会使你更加出色，而这确实也能使你出类拔萃。

**318.** 不要强调你喜欢一意孤行。艺术行业中的许多人喜欢自我表现，但那不是应该在简历上表现的长处。例如，你可能信奉一个雷厉风行的婚礼策划才能成功，你习惯于按照自己的意志来安排婚礼筹备事宜。但是，有的客户可能会认为这是一种专制的方式。相反，要强调你愿意倾听客户的需求并且试图按照他们的想法去做。

# 第十章
# 为弹性工作方式
# 撰写一份有效的简历

今天的雇员要求提供灵活的工作方式,而且有的雇主已经接受了这一理念,因为他们要留住具有才干的员工。弹性工作方式可以通过雇员与雇主之间的有效沟通而成为可能。

轮班制的定义是两个以上的人员共同从事一项工作。对那些想要在工作和个人需要之间寻求平衡的人来说,这是个很受欢迎的方式。为了将这一方式作为可行的概念提出来,你必须明白如何制作一份简历,提出轮班制或者其他工作方式的设想,例如远程办公和弹性工作制。(远程办公采用电子通讯手段——计算机、电话、调制解调器等在传统的办公室或者工作场所之外工作,通常是在家中或者移动的情况下。远程工作者可以登录公司的网络,就像他们真的在办公室中一样。弹性工作制是像其他雇员一样工作相同工时但是时间安排不同,例如从 7 点工作到 4 点而非 8 点到 5 点。)

以下是一些有关弹性工作方式的求职建议。

**319.** 在你准备轮班制简历和轮班制提议之前要找个搭档。大多数情况是,如果你提议采取轮班制方式,在撰写简历和轮班制提议之前,你就要确定自己的轮班制搭档。

**320.** 要仔细挑选你的轮班制搭档。找到一个合得来的搭档是最重要的方面。你的轮班制伙伴必须具有与你相同的背景和一份与你一样专门叙述技能的简历。否则,你们就不可能相互填补空缺了。

**321.** 如果你目前已经被聘用,那就从公司内部寻找一个轮班制伙伴。

**322.** 向雇主征求寻找志同道合的轮班制搭档的意见。

**323.** 考察一下同事,看看有没有合适的轮班制搭档。你如果能与另一个有价值的员工搭配起来,你的上司可能会更加支持你并且想方设法留下你和你的搭档。

**324.** 查找你的生意关系网。职业群体、商会和贸易团体是发现轮班制搭档的好去处。找出另一个与你有共同的工作观念和目标的人。

**325.** 仔细查找你的人际关系网(朋友和家人),这也是有希望找到轮班制搭档的资源。

**326.** 求助于学校的工作安置人员以便发现可能的轮班制搭档,例如毕业生。当你找到一个人时,要在你的简历中说明你们的有关安排。

**327.** 在招聘中介那里找找看。你如果想采用弹性工作方式,通过中介要冒一定风险,因为公司通常是通过招聘中介去招人填补传统职位空缺。然而,通过职业中介向雇员提供钟点工、兼职和弹性工作已经越来越普遍了。看看招聘人员是否能为你推荐一个轮班制搭档或者一个弹性职位给你。

**328.** 广告征求轮班制伙伴。如果你寻遍自己的关系网络资源都无法找到一个搭档,试着在你所属领域的专业杂志或者当地的报纸上登份广告。向职场描述你新颖的工作方式,看看能否找到一个搭档。

**329.** 必须在简历中向你现在的雇主表明,为何将你转为弹性工作制将有助于他并且不会导致额外的工作量以及额外的费用。典型情况是,能得到特殊工作安排的雇员都是那些顶级雇员,他们为公司作出巨大贡献,因此老板也乐意提供方便。

**330.** 在简历中对弹性工作制作出提议。两个专业人员意欲通过弹性工作制安排以保证工作效率。另外,钟点制雇员可以通过缩减其工作时间来保证工作和生活的平衡。

**331.** 如果你认为这一计划对你比较合适,就做一份弹性工作制简历,因为你要照顾子女,继续进修,接近退休,或者只是想生活得自在些。

**332.** 不要认为你有从事弹性工作的法定权利。不存在任何享受弹性工作安排的权利。1964 年的民权法案禁止歧视一定的受保护阶层——性别、种族、信仰和年龄(40 岁以上)。此后的立法将残疾人士也包括进去。但是,没有有关劳动的法律以及有关工资和工时的法律中包括弹性工作方式的规定。

**333.** 勇于证明自己。你如果选择另外的工作方式,证明这如何会对雇主有利就是你的事情了。大公司(200 名雇员以上)或者知名企业可能都会通过某些行之有效的方式为想实行弹性工作制的员工提供条件。

**334.** 你的轮班制简历看起来很像典型的简历,但是要裁剪以突出弹性工作的益处,可以采用构思精巧的倒时序简历或者功能型简历。

**335.** 如果你想与某人轮班,你的简历要与你的搭档相吻合。通常,你可以自己找到一个轮班制搭档,然后与他一同到雇主那里,带上轮班制安排计划。

**336.** 列明你和同事所承担的岗位和职责。还要列明你目前的和先前 3 ~ 5 年的岗位和职责。这些岗位和职责要与轮班制伙伴的一致,这是得到轮班制工作的首要条件。

**337.** 要专注于你所取得的成就。无论你申请在当前的公司还是一家新公司从事轮班制工作,展示出你的成果都是至关重要的。成就是员工尸位素餐或价值非凡的区分标志。雇主可能知道你在那里工作,但是你的所作所为能给你的部门和公司带来什么不同呢? 要证明你能为公司创造更多价值,那么公司就更有可能同意你的想法。

**338.** 表明这种彼此配合的方式是行之有效的,要与你的搭档共同确保你们的简历互相照应。双方的简历必须在职位、职责和成果方面显示出逻辑上的相似性。你们必须具有相互重叠的技能和经历,否则你们将无法进行轮班制工作。

**339.** 要表明你们中的任何一个人都能胜任工作。否则,主管就会质疑并且否决轮班工作的想法,他会这么想,"我知道那个更有经验的人能应付大量工作,但我不能肯定另一个几乎没有相同经验的也可以。因此,当 X 在时我们可能干得很好,但是当 Y 来的时候就一团糟。这样会对公司不利的。"

**340.** 展现你的灵活性。如果你要求特殊的工作安排,例如轮班制工作、弹性工作制或者远程办公,你通常是得到了优惠的工作待遇,因此你需要具有灵活性。如果你的上司偶尔因季节性工作或者生意上的危急情况,要求你工作 4 个或者 8 个小时以上,要很乐意合作。

**341.** 强调你与搭档的合作天衣无缝。增加你得到轮班工作机会的好办法在于，表明你与搭档叠加起来足以胜任工作。以工作要求开头，两份简历都要涉及所有必需的和首选的工作要求。不要列出你与搭档都不具备的技能，而是要将工作描述作为写简历的指南。

**342.** 准备一份轮班制工作的提议。你如果是现任雇员或者申请新公司的轮班制职位，撰写一份轮班制提议。这份文件阐述这种安排为何以及如何会使你和公司都获益。

**343.** 提交重新安排工作的请求。请求中要概述你到底如何安排轮班制工作，小时数、天数、次数、职责等。你可以写一份包括或者不包括轮班制搭档的提议，但是最好包括，以简化公司决策过程。这也能展示你致力于这一工作的严肃性。

**344.** 要讲清楚工作如何开展。提供有关工作目标如何实现的分析。

**345.** 要包括每个轮班制搭档的进度表——你们何日何时工作。

**346.** 说明工作日期间搭档如何联系，以确保工作完成。

**347.** 简要说明记录工作日志的方式，以便让雇主知晓你们能向外部与内部客户提供连续的服务。

**348.** 要让公司易于理解两个人如何做好一个人的工作。

**349.** 说明轮班制如何有利于公司。轮班制搭档通常得到一半的报酬，但也能得到其他好处。因此，你们如何能向公司保证，你们两人能将工作做得像一个好雇员一样出色？公司能从轮班工作中得到什么好处？

强调雇主用一个人的价钱得到两个人。公司最大的好处之一是两个有经验的雇员带来的利润。两个人可以应对工作的任何方面。

**350.** 指出总会有人顶班。如果一个人病了，另一个人就能顶上。这样工作就不会延误。

**351.** 你的轮班制简历或提议中要包括一份预算，列明两人的工资费用和两人轮班工作获得的盈利。表明工资费用和收益情况，一名雇员的成本及其差别。要使提议便于理解和实施。

**352.** 在你的提议中，一定要谈及上司那方面，表明由谁负责检查、管理等。细致阐述每件事。分清职责。弄清楚谁做什么、何时做。要让公司明白，你们两人能轻易地承担岗位职责，而不会把事情搞糟。

**353.** 清楚说明你的应急计划。表明如果一个或两个轮班搭档病倒了，谁会来代替。让雇主知道你们将相互配合加班加点。这非常有益，因为它会减少空岗。

**354.** 如果你在一家新公司应聘一个轮班制职位，要让你的简历和轮班工作提议表明这种安排对公司有利。公司（和上司）倾向于抵制新的方式，你的责任是使这一想法看上去是双赢。

**355.** 表明你计划安排一个"过渡期"，在此期间，你的工作时间将从每周 40 小时转为每周 20 小时。

**356.** 表明你知道假期如何影响工作。因为正式雇员会得到假日报酬，因而许多公司要求在节假日之前或者之后工作，对于轮班工作制来说，这或许是个问题。这便是你在计划或提议阶段详尽阐述假期如何安排的原因。对雇员来说,合适的安排是让每个轮班工作者都享有一半的假期。

**357.** 表明轮班工作将如何在你的管理之下顺利进行。当轮班工作者是上司或者管理人时,员工们必须向当班的轮班工作者汇报工作。每个人都负责某几个员工,或者特定的工作领域。轮班工作者之间的协调和联络极端重要。然而,和谐而计划良好的轮班工作协调应当运行平稳并且不会导致问题。如果出现谁为某项工作负责的问题,说明你没做好安排。

**358.** 在你的简历中,提出一份进度表样本。以下是例子:轮班工作人1,通常周一、周二全天和周三上午工作;轮班工作人2,通常周三下午和周四、周五全天工作。

**359.** 说明轮班工作适合你的职位与行业。采用轮班制的部分行业为:银行、金融服务、初等及中等教育、大学、公共会计。

**360.** 要求从事一种称为远程办公的非传统工作形式。远程办公是一种能让你在家工作而用电话、电邮和传真与办公室联系的替代性工作安排。公司的许多信息传递是通过这种方式达成的,因此可以成为合理的工作方式。你需要再次使你的上司相信这会节省时间和金钱。例如,你不需要办公桌或者办公室,自然对公司有利。

**361.** 提议弹性工作制。弹性工作制是另外一种可供替代的工作安排,只要你能按时完成工作,就不必按照传统的工作时间工作。例如,你可能选择从早上10点工作到晚上7点,或者早上6点到下午3点,而不是早上8点到下午5点。通常情况下,在公司的核心时间你必须到班工作,例如,从上午10点到下午3点。弹性工作不是这样,你可以弹性安排开始和结束时间。

# 第十一章
# 修改简历以适合工作需求

　　吸引公司主管目光的最好方式之一是专门定制你投出的每一份简历。不同于走普遍化路线，花些时间更新和润色你的简历以适合招聘广告上的职位要求。这能表现出你注重细节和让人了解你真的在意这份工作。展示兴趣和突出技能是成功应聘的两大法宝。

**362.** 撰写多种简历以方便求职，如果必要的话，用不同方式定制。多种技能来自不同的行业和岗位。如果你申请与先前工作类似的职位，又有合适的工作年限，采用倒时序简历格式。如果你申请与先前工作不同的职位，具有 3～5 年的适用经历或者你的工作时间较短，采用功能型简历。采用这两种形式，对定制简历相对便利。

**363.** 要使简历反映出你为了解该公司情况所下的工夫。在过去，你要想找出某公司的信息，不得不去图书馆查找商务信息或出版物，或者要打电话给那家公司索取年报。但那已经是老古董了。今天，敲几下键盘就能轻易地查到公司信息了。要搞调查，只需查找公司网站即可。假如你不知道公司网站，利用搜索引擎查找公司信息。试一试 MSN、Yahoo、Google。

**364.** 假如你有数个职业目标,要分别使用适合各自目标的不同简历。这样你就可以有不同的工作意向,每一个都非常具体明确,这更迎合阅读简历的人。

**365.** 注意特殊行业的要求。假如你从事高科技行业,你的简历应该突出你的计算机和项目技能。假如你供职于像娱乐业这样的专业领域,就要突出项目以及工作的连续性。假如你处于服务行业(保姆、停车人、管家),要集中描述你在不同工作单位所取得的有用经验。应聘高科技、娱乐或者服务行业的人员,应当用功能型或者综合型简历表现技能。

**366.** 如果招聘广告要求某一学位而你没有,那就要仔细调整你的简历。不要羞于应聘那些你有经验而无学历的工作。强调你的有用经验,向招聘经理表明你的经验能弥补学历的缺憾。

**367.** 调整你的简历,将最重要的事情置于前端。你给雇主的清单上和功能型简历上最先出现的技能和经历将被解释为最重要的。这意味着你应当重新安排简历的技能部分。将你具有的而招聘广告要求的技能列于你简历的前端。

**368.** 夸大你的经历。如果你申请的工作要求超过了你的条件,突出与你面试的工作有关的经历。强调你的成就,展现你的能力,使你在该领域是出类拔萃、价值非凡的。

**369.** 如果试图淡化工作变更,要仔细构思你的简历。你要是已经转行了,这也是大多数人职业生涯中至少做三次的事情,用积极的方式表现出来,显示出你职业转换的逻辑线索。大多数职业转换都是跳板。不要写成:"极端厌烦工程学,因而回到法学院。"相反,要写成:"5 年成功的工程学经历后修完法学学位,因从事技术和法律而专攻《专利法》。"

**370.** 变更专业要撰写功能型简历。修改简历的重大原因是适合于专业变更。变更专业要比变更工作困难很多。因此,假如你试图放弃原来的专业,去开拓新的天地,你应该制作适合于招聘要求的简历,并且要采用功能型简历列出有用技能。变更专业意味着改变了你谋求职业的类型,这或许就是转了行。

**371.** 定制你的降低要求的简历,以表现你将如何使准雇主受益。要使你的简历乐观向上,永远不要垂头丧气。在降档简历中,你必须表明这是有意识的选择(而非默认的选择)。与赚钱相比,越来越多的人更注重生活质量。在你的求职信中说明,你具备该项工作的出色经验,而且你这一优势足以应对所欲从事的弹性工作。表现出你对那项工作感兴趣,你希望得到它是因为你想减轻工作压力和责任,以便有更多的时间。

**372.** 为你的搬迁调整好简历。如果你想搬家,要使用当地的地址和电话号码,以便公司联络你。这一点特别重要,尤其是当你就职的公司不为搬家提供补助的时候。这种情况下,最好是听起来你像本地求职者。公司招聘新人要耗费时间和金钱,而聘用外地人更为麻烦。尽可能让招聘经理能够轻易地给你一份工作。

**373.** 为你的迁移准备好一个合适的理由。如果你迁移的原因显得有些"冲动而缺乏条理",新的公司往往不会给你面试的机会。搬迁的合适理由很多,比如:你的配偶调动工作,你年迈父母需要你住得近些;你从事的行业;你心仪的产业在某地发展很好。因投身你的行业和充分发挥你的应用技能而搬迁的例子是:搬到纽约因其金融机构众多,搬到硅谷因其计算机软件业发达。

**374.** 写简历时,要衡量功能型和时序格式的各自优势。推荐的标准简历是采用倒时序简历,以便最大限度地表现突出你的经历并且使其醒目。但是,有时采用其他格式效果更好。你如果有应用行业和管理领域 3～5 年以上相关经历,考虑构思一份功能型简历,突出你的经历,不要有日期。以便新雇主充分感受你的良好经历。

**375.** 要多用行话。每种行业都有特定用语,要运用它们以显示你是业内人士。同样,每种职位都有相应的词汇,你在应聘某项工作时可以写上。(参见第二十四和二十五章)

**376.** 编制简历要考虑方便电脑处理。当把简历扫描进电脑,或者通过剪切—粘贴输入电脑,你需要制作不同版本的简历副本。撰写简历并将其存为普通文本和格式文本。这一选项在 Microsoft Word 中有。点击:文件/另存为/下拉另存文本复选框,选择一种文本格式。(参见第二十四和第二十五章)

**377.** 简历是一种营销工具,你通常可以略去那些与工作无关的经历。但是,当你填写工作申请的时候,要填写你的全部工作经历。申请通常会包含一句话,你必须签字证明你已经提供了全部背景资料,也一定要这么做。

**378.** 编制你的简历以突出功能型技能。采用功能型或者倒时序简历以展示你从事过的给你带来特定经历的职位。例如,如果你有房地产销售和经营的经历,撰写简历时要强调这两种技能以及取得的成就。

根据你的行业经历定制简历。采用功能型或者倒时序简历,表明你曾在不同行业部门干过,或者你具有某种特定经验。例如,你具有房地产和银行按揭贷款的经验,撰写简历列明这两种行业技能以及在每种行业中取得的成就。

**379.** 准备一份混合型简历。将简历中的不同要素加以相匹配的片段(即便是有限的),以便构思成适合谋求的每个职位简历。这会使你具有两种主要的简历——倒时序和功能型简历。你可以直接制作针对不同工作需要的简历,而不必制作出两百种不同版本的简历。这种方式也能使过程顺畅,减少混淆。当你投出简历并且穷追不舍时,你需要知道自己投出的是哪个版本的。也许你想不到,这的确非常容易弄混。

**380.** 根据需要调整简历,以表现你的技能与工作要求如何珠联璧合。这便于让招聘经理认识到你是他们需要的人。查看招聘信息或广告,把相关技能列于简历顶端,因为招聘经理会认为他最先阅读的项目是最重要的。

**381.** 如果你的教育背景在求职过程中对你不利,删掉它。
假如你有艺术史博士学位,而你申请做某家油气公司见习主管的工作,要考虑去掉那个博士学位。你或许看上去条件高过头了。另外,它也无助于你在这一行业或领域中找到工作。

**382.** 如果你的经历也超乎寻常,要恰如其分地撰写简历。例如,你做了 10 年的律师之后回到学校攻读护理学学位,假如你的法律背景不适用于你的医学经历,就不要写上。

**383.** 写简历时,不要让自己看上去像个不好对付的老油子。如果你是大龄求职者,别人有可能认为你老于世故。年龄歧视从政治上说是不允许的,但是这不妨碍招聘经理对一份具有多年经验的简历心存疑虑。那么该怎么做呢?缩减你的简历,只包含那些与工作有关的经历。这并非欺诈,而且为了增加获得面试的机会。(更多建议参见第八章,撰写适当的简历。)

**384.** 调整你的职位名称以便为人所知。是否有一个能让职务和职责更清楚的同义词? 如果是,就修改职位名称,舍去前任领导赋予你的愚蠢称谓。例如,如果你被聘为"接待员",但是你实际上扩展了你的职能,并且成为你的主管与外界的联络人。在简历上将自己列为"公司联络人"会给人留下更深的印象。或者,如果你的头衔是第三助理,这对看你简历的招聘经理毫无意义。试试更能传达信息的词汇,如果必要,向面试人员说明职场会更加认可你修改过的头衔。

建议:不要对自己过分吹嘘。如果你只是个合伙人,就不能称自己为CEO。如果你只负责安排日程,你就不是发廊的老板。

**385.** 要对你工作过的每家公司进行不同的描述以使简历有效,突出那些对行业有影响的项目。例如,你曾供职于某家银行,又应聘另一家银行的工作,要写出你工作过银行的情况细节。你可以说,该银行拥有15亿美元资产,在你所在的州占有中等市场份额的客户,是加州或联邦特许银行,并提供其他银行业感兴趣的细节。此类内部信息能使人明了你懂得自己在说什么。

**386.** 处理好你的业余活动。尽可能让你的职业和社区活动涉及面显得广阔一些,但尽量不要涉及政治、宗教、种族和性别。当然,如果涉及上述方面能有利于你应聘工作,一定要写上它。

**387.** 根据需要附上有关说明。如果经常换工作,你要在每一职位后面列出原因。让阅读者知道你为何频繁更换工作。提供合理的解释有助于扫清来自招聘经理的阻碍,因为人们往往对跳槽的求职者心存疑虑。也许你不想在每份简历上采用这一策略,但对某些公司来说,频繁更换工作是个麻烦。你可以用斜体字将原因与简历主体区分开。

**388.** 根据社会各方面的现实需要调整简历,充实细节,增加更多信息。你可以采用分别撰写的简历,也可以在需要时插入细节。

**389.** 将简历尽可能普遍化,使其能应用于不同学科(功能型外观设置)和行业,在某些情况下,你可以也应该使用行业术语。行话标志着你了解岗位和行业知识。特别是高科技、银行业等具有大量独特的行业用语。简历中使用这些词汇或许能助你一臂之力,增加你赢得面试的机会。使你的基本简历更加普遍化一些,这样其他行业或职位的招聘经理就能明白你的背景。

**390.** 附上自己发表的作品。如果你在本行业或相关应用领域发表过文章,应聘相关工作时,将其写入简历。如果你谋求一份普通的工作,而发表的作品使简历太长了,考虑删除它们或写在附录中。

**391.** 编写简历时加入能成就目标的荣誉介绍。如果你曾获得与你的应用领域和专门行业有关的荣誉,要写到你的简历上。但是,如果你获得"年度最佳父亲奖",而且这与工作关系不大,就不要写在简历上,还是等面试时再说吧。

**392.** 编写简历时,军队服役经历等因素是否写上要权衡利弊。目前,在军队服过役无疑是一项有利条件。如果应聘某个组织的工作——例如一个非营利组织，你可能要在简历上略去军队经历。然而，大多数情况下，招聘经理将军队服役看作组织、管理和团队能力良好的标志。再者，许多人在军队里获取了有用技能。

**393.** 写什么不写什么要由下面的问题来决定——我会因此赢得工作吗？让你编写简历适合工作的特定要求，这是很好的检验标准。

**394.** 调整简历侧重点以适应你应聘的工作，并且在你用来投递简历的求职信中写清楚。某些职位如果要求工作意向或职业目标，平时要多准备几个工作意向或职业目标，以便需要时拿出来。

**395.** 编写简历时，千万别提钱的事。不要主动谈到薪水或工资的情况。但是，如果招聘广告强行要求提供薪水问题，要好好思量，再作决定。如果广告上说"要求提供薪资记录否则不接受简历"，你有两个选择：继续应聘，提交一份没有薪资信息的简历，指望着你的背景能吸引招聘经理给你面试机会；提供薪资信息，按部就班地来。

# 第十二章
# 展示自我

任何雇主都喜欢聘用他认为很杰出的人。在简历中展示出你是个好手，或许就能得到工作了。光有能力还不够，还要表现突出，因此不要羞于吹捧自己。

**396.** 阐明你的价值。表现出你不仅胜任工作，而且出色。想在竞争激烈的职场上成功，你必须证明自己是如何在这个职位上、部门和公司里不断进步的。

**397.** 要用具体业绩说话。不要只是说"减少雇员流失"。要展示你是如何减少雇员流失的。运用数字或百分比来证明它。

**398.** 显示出你的优越性。不要说"管理好 20 名雇员"，而要说"开拓新途径，给每个部门主管配发公车、奖金、个人助理，以向雇员们表示他们是公司最重要的资产"。

**399.** 强调你的工作是有助于雇主的。如:开发和采用自动付息计算机程序节约 10 万美元。合并接收程序每周节省雇员 8 小时时间。通过增加潜在客户和提高签约率,当年超额完成销售配额 200%。

**400.** 突显你为公司创造效益的光辉时刻。如创造吸引新客户的方式——别出心裁地分发销售传单,使得公司尽人皆知。

**401.** 要实事求是,不要言过其实。

**402.** 注意用词严谨,不要说错话。一名招聘经理从淘汰的简历资料中提供了这个例子——"我的条件符合并超过你们的要求,而且你们的 CEO,他离了我根本玩不转。"问题是,这位 CEO 是女的,这一事件很容易在网上查清。这名求职者做事不够周全,连求职信写给谁都没弄清楚,像是符合条件和超过要求的人吗?

**403.** 展现你的才能,但不要编造事实。最好像其他人一样列出你的岗位和职责,而非对你的背景信口开河。

**404.** 将你的所作所为表述清楚。讲明你是如何有益于群体、部门、单位、公司的。你如果在信息技术、科学或者其他领域的高深项目上硕果累累,那么就用平实的语言表述出来,要达到外行也能理解的程度。一定要让一个非专业人士能轻松读懂你的简历。

**405.** 要利用一切机会表现出自己与众不同。简历的必含项目是你从客户或老板那里获得的赞誉。将其置于成果部分的突出位置,不要将其放在"个人"项目中,让人觉得是事后补上的。

**406.** 突出先前做过的任何使你出类拔萃的事情。你得过奖吗？你运作过特殊项目吗？你提高过公司的生产力吗？你为公司节省资金，从而增加盈利了吗？在你供职公司增收节支期间，你是否身兼两职，以便节约劳动投入？要强调你具有的适合职位要求的技能。

**407.** 不要羞于言表，一定要适当地拔高你自己。赢家往往是头脑机敏的人，而非谦谦君子。

**408.** 将你的工作特长转换为有利因素。不要列出一长串清单说明你的工作。要表现你的特长如何对公司有利。这正对招聘经理的胃口，他也想看你如何有利于公司的实例。公司招聘经理读你简历的主要想法是这样的："这人能为公司做什么？他对公司盈利有何益处？"

**409.** 如果你投出一份简历和求职信，上面写"有关人士收"，那你就不能说自己是个"做事认真仔细"的人。一个招聘经理就曾指出，她最喜欢挑这方面的小毛病。"我们收到的一份申请是请求担任我们 CEO 的个人助理，抬头写的是'有关人士收'而不是 CEO 的名字。这点很重要，因为招聘广告上要求个人助理具有'探究的能力'和'做事认真细致'。从我们网站上查找 CEO 的名字连 1 分钟都不用，但只有不到十分之一的应聘者有心去查找过了。"

**410.** 让准雇主知道，你不仅仅是谋求一个职位、拿一份工资，而且你是有思想、有干劲、有动力，能切切实实给公司增加利益的雇员。显示出你会不遗余力地为公司带来正面效益，聪明的雇主一定会聘用你的。

**411.** 要用数字说话。用数字支持你的说法，比泛泛而谈更有效。要说"因工作习惯良好而将完成贷款程序要求的时间减少 20%"，而不要用"工作快捷而有效"。

**412.** 要提供盈利的金额。将你的成就数字化为金额是非常有效的做法。要说"增加收入 200,000 美元",而非"增加销售"。

**413.** 表明你是如何节省时间的。成果不仅是赚钱和省钱,省时也很重要。如果你采用新的工序能比规定的工序节省 25% 的时间,那就很重要。利用流水线作业或培训员工节省公司的时间投入都要写在你的简历上,在招聘经理眼中,这些都是大大的成果。

**414.** 如果你参加过专业或民间活动并且担任领导者(官员或董事会成员),那么,强调你参加的业余活动。当你想表现出如何有益于公司时,领导经验就特别有价值。你作为民间协会的财务人员,可能会查看部门预算以节约活动开支。作为团体的主席,你或许能学到职场上有用的管理能力。你如果作为志愿者担任某个非营利组织的高级职务,在简历中一定要突出这一经历,它不但能转用于职场而且能让你有资格担任类似的职务。

**415.** 将最重要的成就置于简历的最前端。不要让招聘经理错过这些内容。要是你大学刚毕业,将教育背景列在最前端,因为那是招聘经理招聘毕业生时要考虑的最重要的因素。如果你是一名经验丰富的雇员,就要把成就放在职位和职责之前。在一份功能型简历中,要将成就置于技能、职务、职责或受雇经历之前。

**416.** 列出在公司受到的奖励和其他有助于树立形象的项目。简历中一定要包括你受到的营销奖励、周月和年度最佳雇员称号以及你因对公司的贡献而得到的其他奖赏。把这些成果放在简历的成就部分的合适位置。

**417.** 列出你取得的成果,多多益善,因为成果实际上是简历的支柱。很多人符合工作的基本要求,但是招聘经理希望得到优秀人才。希望你能用至少两种方式列明你有助于公司创造效益、节省资金或节约时间。即是每个职位没有很好成果,一个已经足够了。

**418.** 将工作职责转换到成果中去。回想你都做了什么,如何充分描述你提高公司效益的程度。你在工作中无疑会取得一些成果,但对某些人来说,将职务和职责转换到成果中却是一项挑战。你不一定非得是全球 500 强公司的 CEO,或有大堆证书的销售主管。考虑你为公司所做的大有助益之事,并用数字说明:"有助于提高公司劳动效率,使得雇员人数由 5 人减至 4 人。"

**419.** 通过量化缔造新感受,可以将职责描述转化为成就描述。当你将职责描述转化为成就时,它听起来很有力。职责:为 9 个零售部门处理应付账款。成就:通过将订单与发票匹配一致,从三笔重复记账的发票上节省 3700 美元。

**420.** 将管理职责产生的成就充分地表达出来。一个只会按部就班工作的人,与一个善于主动改进工作方法的人相比,雇主当然更愿意聘用后者。你曾经管理过 10 名员工,你可以把你工作中的成就生动描述出来。如:提高员工出勤率 20%,通过为每位员工安排弹性工作时间,当年节约工资支出 20000 美元,允许员工自主选择休息时间,赋予员工对进度、工作和休息更大的支配权,从而使工作积极性显著提高。

**421.** 事实胜于雄辩,成就实例是很有说服力的。下列各种成就可以使你的简历提高一个档次。注意保持一致性,无论什么岗位、行业或职责。简要描述你的成就,并用数字、百分比或者资金的增加或减少来量化。这些巧妙的策略有助于展现出你供职某公司之时的不凡表现

——增加效益、节约资金或节省时间。

例如：

* 在不增加员工的情况下，通过重新调整工作程序、职能和人员（包括全部调换会计和劳动成本体系），促进销量从 2.85 亿美元增至 6.00 亿美元。

* 重建 6 亿美元服务承包商财务管理基础设施，并及时报告管理人员和股东。报告从年终 90 天改为年终 60 天，缩短报告期三分之一。

* 在创纪录的时限内成功部署了关键系统。

* 计划和实施保险成本预算措施，每年增加收入 2.5 亿美元。

* 洽谈合同和许可证协议，节约资金 15%（15000 美元）。

* 协商达成销售折扣至 40%。

* 分析与改进销售佣金结构，增加 8%。从而提高了销售人员积极性，提高销量 28%。

* 与同人合作，使盈利从 6000 万美元增加到 3 亿美元。

* 改善、监控和推荐公司策略和程序。

* 改进程序缩短培训时间 19%，使劳动成本减少 200 万美元。

* 通过定价/订单分析，增加收益 30%。

* 筹集资本并获取融通资金。参与筹集资本 2000 万美元以上。

* 使全公司的专用订单工作表格标准化，以增加处理客户订单的精确性。

* 协调返库物资以加快客户账户变化登记速度。

* 表现出独立胜任多种部门岗位的能力，例如客户服务、订单登录、计算机支持和柜台销售等。

* 采用 Oracle G/L 模块，减少 20% 的调整时间。

* 在会计人员严重不足的情况下，为一家在全球有十家分支机构的公司编制报表。

* 减少 23% 应接收雇员。

**422.** 确保你的简历是以成果为导向的。让一个朋友读给你听，并且提提建议。

# 第十三章

# 有效应对潜在问题

编写简历时,要有效变通对自己的不利之处。下列问题都有妨碍你成功的潜在危险,但是如果将其清楚而机智地表述出来,向雇主表明他最初认为的"缺点"不会对公司不利,那么他就会给你证明自己勇气的机会。

**423.** 你的自身条件对那份工作来说是否过高了?要让自己看起来灵活性很强,可以为具体工作放低要求。你可以修改简历,反映你最近 10~15 年或 5~10 年的经历。写上与所谋求职位联系最密切的工作。

**424.** 你是否与当今职场脱节了?要注意表明自己虽然暂时不知道如何操作语音邮件,但你是个好学且学习能力强的人。

如果你缺乏职场技能,要诚实地告诉招聘经理你准备去培训学校进修。让他们知道你能在一个很短的期间内迅速学会(给我一个月时间,我就能掌握这门技术)。强调你多年来学到的其他技能。强调你的能力:经营能力、项目管理能力和组织能力。要传达这一理念,虽然我暂时还有某些知识的欠缺,但是多年苦学得来的技能也很有价值。

**425.** 谈到团队和项目管理之类的问题时,你不知从何说起吗?撰写简历前要仔细研究职场术语。招聘经理或许会说他们并不歧视那些不熟悉行话的人,但是说实话,不懂这些东西差不多就像在说:"计算机？那是什么呀？"即便是声称不在意新潮术语的招聘经理也会歧视赶不上趟的求职者。上求职网站浏览浏览，早做准备，记下一些有用的词汇。准备得差不多了，你就可以撰写一份能用于行话满天飞的求职世界的简历了。不管怎样，完全跟不上趟是玩不转的。当你和负责招聘的人打交道的时候，你差不多总是和处在招聘行话风口浪尖上的人物交流，因此，表现出你在人事方面也是内行就很重要了。

**426.** 你是否有段时间没有工作？为了让这一间隙说得过去，你可以解释说你靠信托基金生活，你在写本书等等。而且，你不工作不能反映出你的懒惰。简历上可以这么解释："购买 55 英尺长的游艇畅游加勒比海。"许多行业的招聘经理欣赏冒险精神。你如果是基金宝贝，你可以列出拥有的一笔基金，并且可以让它来负担你这 8 年来乘飞机往返于欧洲，体验新经验来写书的费用。（只有你真的与基金有联系才这么做！）你如果没了工作，终日游荡，还是实话实说吧。有的雇主不会介意的。将你措辞得体的解释放在最后，或者在求职信中提及。

**427.** 如果因为失业或家庭问题而使就业间隙过大，你可以调整简历，用对你最有利的方式反映你的经历。今天的许多雇主一般都宽容就业间隙，他们理解有些行业需要较长的求职期，而且人们为了家庭需要而做出其他安排也不是非常之事。你可以采用倒时序格式。列出你最近的雇主，并加上一两行表述间隙的原因："离职照看患病亲属。"你在求职信中也要解释清楚。

**428.** 你想略去一些信息吗？不要画蛇添足，加上错误信息或敏感日期。在简历上，只有认为其不合用了，你才可以省略掉较旧的信息。但是当你填写申请表时，要列出全部受雇信息。聘用申请书是法律文件，它最后的部分清清楚楚地印着你可以因不实申请而被开除。出于充分披露的原则，你为了得到工作而在简历上省略掉的任何工作必须列在聘用申请书上。这是严格的规则。

**429.** 转换职业时要修改简历以适应新职位。例如,你做了15年邮递员,然后回学校读英语学位,此时就没必要提到你的邮递员经历。反之,如果你认为这有助于你得到工作,那就留着它。回到学校拿学位可以让你开始新的人生历程。

**430.** 假如过去的经历对你现在所谋求的职位无关紧要,修改你的简历,删除那些不合用的东西。你可能在同一行业或者一个领域的不同职位工作多年。比如说,在20多年的职业生涯中,作为一名化学工程师你在6个企业工作过。最初的两个职位你是离开工程学院后直接工作的(14和18年前),与你现在谋求的职位没有任何关系,因此不必写到简历上去。

**431.** 担心你被归为跳槽者吗? 功能型简历对那些有脱节经历的众多求职者非常适用。此种格式突出技能和经历,淡化过去的雇主,是处理不寻常工作经历的好方法。它的毛病是,许多有经验的招聘经理对功能型简历存有疑虑。他们想知道,这儿出了什么问题? 所以,明智地采用这种方式是很重要的。

**432.** 你担心除了技能没啥可谈的? 那不妨采用混合格式简历。这样你通过合并功能型简历和倒时序简历就能利用两种简历的长处。将技能与经历置于前端(别忘了计算机和外语能力)。使用混合简历,读者能很快明白你有什么可提供的资历。在技能与经历的下面,列出雇主与职位以及从事过的工作,让招聘经理知道你何时何地提高了技艺。

**433.** 你对计算机一无所知? 在你的求职信中要说明你将通过自修课程、晚上学习等克服这一缺陷。你如果离开5年以上重返职场,你可能会面临技术上的挑战,因为信息技术发展迅猛。无论你是IT专家还是仅仅运用信息技术,要尽可能与时俱进。参加一个学习班,借台电脑,学习你需要的技能。每个公司的要求都不一样，但是基本的计算机技能一般是微软产品 Windows、Word 和 Excel 方面的技能。计算机软件都设计得很相似，因此，一旦你学会了 Excel，你就能学会 Lotus 123。一旦你学会了 Word，**你就能学会 WordPerfect**。尽管要掌握新知识似乎令人望而生畏，然而要下决心去做你需要做的事情。你去见雇主时如果连最基本的知识都不具备，那会对你大大的不利。

**434.** 你有某种残疾吗？如果这种不利情况关乎你从事工作，要表明你将如何去弥补。雇主有责任确定你是否能从事手头的工作而且提供"合理的工作条件"。这意味着如果你坐着轮椅，雇主应改宽门户并且调节你的桌子。然而，如果你应聘电话公司一份需要爬杆的工作，便不可能具备合理的工作条件，因而从法律上便可以否决你的工作。如果你是聋哑人而去应聘电话销售的工作，公司不可能提供合理的工作条件使这一岗位适合你，但是假如具备合理的工作条件，你能做一份处理应付账款的工作。如果你知道自己即便不具备合理工作条件也能从事某种工作。（不必透露并不明显的残疾。）

**435.** 你的婚姻记录有污点吗？婚姻状况不佳这一事实与他人无关。不必问，也不必说。你要是因为离婚而作出重大的工作变更或者地理迁移，你实际上具有合理的变更工作的原因，但是你仍然不必说明导致工作中断的婚姻破裂状况。将婚姻和子女状况写在简历之中是陈年旧事了。有些人列出这一信息是因为他们认为"已婚、有子女"让他们显得更加人生有成。错了，这可不是一张好牌。

**436.** 你被捕过吗？不要在简历中宣扬它。如果你曾被捕过但未判有罪，你根本不需要告知招聘经理。工作申请书通常会问："你曾被宣告有罪吗？"招聘经理不应将是否被捕作为他们考虑因素。作为求职者，你需要了解你的法定权利，权利之一就是不要求你透露未导致宣告有罪的被捕，或者已从你的记录中消除的缓期判决。

**437.** 你曾被捕并且被宣告有罪吗？关键词是"并且"。你如果曾被捕并且被宣告有罪,你就要做些解释。记住,雇主调查你的犯罪记录是很容易的。实际上,这种调查是招聘的第一步。当你开始提出你犯罪的话题时,你的评价要保持简短而切中要点,解释搞砸的工作和因何被解雇时也用同样方法。不要对此一笑了之或者做出不知悔改的样子。说明发生了什么事情,并且补充说你已受到应有的惩罚而且吸取了教训。告诉招聘经理,他如果能给你一个机会,你会让他对自己的决定感到欣慰(并且切实这么做)。

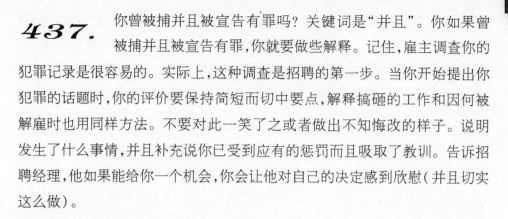

**438.** 你过去酗酒或吸毒吗？简历中不要提及这个问题,除非它曾导致你的失业。如果这样,你可以将工作直接的空档时期归因于"小病,不过已无妨碍"。基本上说,你的过去已经过去了,而且如果你能从事你申请的工作,这便是要求你告知公司代表的所有事情。

**439.** 你曾进行过大量的治疗吗？简历上或者面试中不要披露这点。炫耀治疗经历是不明智的。克制自己不要去与人分享你的治疗经历或大事记。不要唠叨或者谈论你是如何靠治疗才挺过来的。除非你的招聘经理是为数不多的开明人士,透露精神问题可能会扼杀你得到工作的机会。然而,你可以利用面试展现你对人的了解以及这如何使你成为富有技巧的、具有深刻见解的雇员。感受你在治疗中所学到的,用生意用语表达出来。了解自己并且理解你周围的人会使你成为更有价值的雇员。

**440.** 你有 4 个小孩？不要在简历上夸耀这一点。你绝对没有必要列出子女数量以及他们的名字和年龄。为人父母并不使你更胜任或更不胜任某项工作。例外是你谋求的是一份教育工作。你如果认为有孩子对于教学、咨询或管理是一个优势,面试时告诉招聘经理。

有些雇主不觉得为人父母是个优点。有种过时的偏见,孩子一有病或者有学校活动和家长会时,母亲们就会放下工作。即便今天父母们经常分担对孩子的责任,许多雇主还是认为养育孩子是"妈妈的问题"。不管怎么说,出勤都是工作最基本的部分,因此,有些雇主自觉地回避那些负有照顾子女责任的人。顺便说一下,一位面试人员如果询问你是否有子女,这是个非法问题。回避这个问题,转而谈一下自己优异的出勤记录和满足工时的能力。

当然,回避这个问题可能会激怒招聘经理,他会认为你逃避问题是因为你隐瞒了可怕的事情。但是,有时你透露自己有 12 个子女似乎会好一些。这是有利有弊难以说清的状况。你如果遇到一个对有子女雇员存有偏见的招聘经理,与没有孩子的求职者相比,你会处于下风。同时,说实话也会有很多好处。(毕竟,如果你被聘用了,你这一大家人是不可能瞒得住别人的。)

**441.** 你长期从事同一工作吗?有的招聘经理将长时间耗费在同一岗位上看成一种危险信号。或许你得不到提升是因为你不够出色或者你缺乏进取心,或者你比较懒,而且不介意没前途的工作。这种误解可能对你的求职像每两个月换个新工作一样有害。你如何应对你过去 25 年来一直从事一个工作这一事实呢?要在你的简历上将这一工作分为成系列的几个部分,列出自己担任的这一工作包括的次级岗位。利用不同的项目、职位和职责分成两年一段累加起来。列出日期和不同的岗位,并且表明你在公司中的工作过程。你要指明的是你确实在不断进步,即便岗位名称从来没变过。

**442.** 你一辈子都在一家公司工作吗?简历中要认真对待这事。美国社会变动不羁。虽然没有人会喜欢你太频繁地换工作,但是也没人会欣赏你终生都待在同一家公司里。如果你工作单位换得太勤,有些人会把你看作跳槽者而不会用你。如果你一辈子都待在同一家公司里,你可能会被视为缺乏雄心、故步自封或能力有限(只能干一种活)。在简历上直面这一问题的办法就是列出你在公司里干过的不同岗位。这样可展示出你是如何步步高升的。要用正面方式调整你在公司的经历,以防止招聘经理们贸然得出负面结论。预知偏见,再善用策略加以修整。

**443.** 你在公司里是否不想往上爬了？简历中要表明这可不是因为老板讨厌你，也不是他认为你无能。因为你想做份轻松点的工作，想改变一下生活方式。你正在节衣缩食，你添了个宝宝或领养了个孩子，或者这种低调行事只是反映了一种态度的改变。你不再看重兢兢业业工作的好名声了。随着年岁增长，有些人不想再在公司里拼命往上混了，更倾向于多花时间在家庭、健身、旅游和其他一般的乐趣上。或者你择业的这一趋势正反映了经济不太景气，逼着你去找份眼下最合适的工作。这都不要紧。你可以在面试时老老实实地解释你找这份与能力并不相当的工作的原因。如果你认为事先解释会增加你面试的机会，那就在简历或求职信中解释换工作的原因。而且，你的解释要乐观向上。不要透出"我真可怜"或"我太不走运"之类的态度来。没有一家公司会雇佣一个自我开脱的失败者。

**444.** 你是否多年来自谋生路？如果你个体经营 5 年以上或长期自谋生路，雇主会怀疑你的背景与能力的。的确，这不公平，但他们可能会忽视你做的工作。很明显，做份小生意或者做个自我雇佣者能学到许多职场上有用的技能。你学会了提供产品与服务，外加金融、会计、业务、管理、租赁和生意的其他方面。如果你是这样的职业妇女或自我雇佣者，要面对将你的经历传达给准雇主的挑战。提出一些能用数字说明的成就，不要光报流水账。

**445.** 你在外国工作过？说明如何能转用到美国来。

如果你在国外工作 5 年以上，你可以对准雇主说明你工作的性质，特别是你的工作并不局限于特定国家，例如会计或法律职业。你的简历的目标就是将你的海外工作经历与美国国内的相关工作关联起来。

**446.** 你是一边做全职工作一边打零工吗？要仔细说明这一点。只要不存在利害冲突，你可以突出打零工的经历以增益你的全职工作。做成这事而又不造成误解的最好方法是将零散工作列于全职工作之下,并指出你是在全职工作之外利用业余时间兼职打零工的。要弄清楚你绝不是利用全职工作时间偷偷摸摸去做其他工作的。

**447.** 简历冗长得像本书吗?要改。要是你做多种工作,用 4 页纸的简历就够了。招聘经理主要看你最近 3 ~ 5 年的工作经历(信息技术或快速发展的科技领域只看 1 年的)。20 年前的工作就省省吧。

**448.** 你在 4 年里以相同的职位换过 5 份工作?这点要说得策略些。有些职业中工作换得太勤,特别是换来换去都是比较乏味的,让你痛心不已。下面是最好的做法:将所有类似的工作合并一下,日期就用第一份工作开始,最后一份工作结束。

**449.** 你有博士学历却去找份学士学历的工作?编写简历时脑子里要想着这事。如果你的学历对于要谋的职位来说太高了,简历上要略去你的高学历。这么做没错,而且或许能有助于你得到工作。要是你被聘用以后这事露馅了,你满可以说你认为你的博士学历与工作无关,因为具体工作并未要求博士学历。

**450.** 你最近 6 年一直做着自己不喜欢的工作?要表现出你想做回现有工作之前的那种状态。即便你误打误撞上自己不喜欢的工作,并且一直干着,那你也没必要非干不可。准备一份功能型简历,强调你先前从事的工作,对你不感兴趣的工作保持低调。拔高恰当的部分,招聘经理不会在意你讨厌的“无所谓”的工作。

**451.** 你有骇人听闻的爱好?别往简历上写。如果是跳伞、蹦极或刺青,还是与朋友共享吧,就是不要冒险弄到简历上。此外,面试时不要谈论极限运动。除非你应聘的是赛车手、试飞员或其他需要胆子大的工作,不要谈及对风险的爱好或狂野玩法。

**452.** 你是在外国受的教育？用简历将这一教育背景转换成国家标准。有些在国外受教育的人会发现他的教育并不完全适合自己国家的教育体系。你最好列出学过的有关课程和修完的学时，并且展示出拔尖的工作经历。

就是招聘经理将你的外国教育背景看作一个"与我无关"的问题也不要大惊小怪。你的工作就是巧妙地将这一问题转为正面效果。

去一所当地大学将你在南非的大学学分转成国家标准就是个好主意，这样雇主就能确切地评价你是否适合被聘用。用求职信来说明你已经转换的在外国大学修完的学时，或者仅仅强调你的技能而非你学过的大学课程。别指望准雇主会费心搞明白你的外国教育在国内如何衡量。

**453.** 你取得 MBA 学历之前是老师？利用这点给你增加砝码。要是你在取得硕士学历之前，在一套完全不同的规则之下工作，这一事实是个大大的砝码。如果你当了 10 年的音乐教师后决定去攻读数学硕士学位，要将你音乐方面的勇于创新与细致入微用到数学上。

**454.** 你是否能胜任要求某种学历的工作但是不具备相关学历？这种情况下，表现出你的经历是极端重要的。3 年的实践经验可以抵得上所需求学经历。强调那些该强调的，从而表明你是才德称位的。

**455.** 你一直在一家大公司工作，但没有人知道你做了什么，因为你的工作听起来很深奥。用你的简历让你的工作听起来大众化一些。假如你主要和内部人员打交道，首字母缩写词和专门的内部头衔或职能可以用，但是如果你找工作，就要清楚到路人皆知的程度。如果你的简历连自己都不知所云，别人更不明白。招聘经理是不会停下来操心内容含混的简历的。相反，他们只会转到另外大堆的简历，而把你的抛在一边。

例如，如果你被称为"敏感信息承办人"，说明其在现实世界的含义：你是否处理高级机密文件？你是否拥有高级处理权限？你是否是决策者？你那两年都做些什么？

**456.** 你是否为秘密组织工作而不能透露信息？那么就给你的这些技能换种说法。招聘经理可不想让你因为泄露高级机密而把小命搭上，但你必须能够表现出你的阅历适用于你所谋求的职位。不能因为你是个隐秘特工，就指望招聘经理能知道你心里想啥。如果你足够谨小慎微、老于世故能从事高级机密工作，你显然拥有将这样的工作描述为可以堂而皇之告人的工作的语言技巧。

**457.** 你在牢里待过？尽管在简历上掩饰这4年的空缺十分困难，但也不要写上"入狱4年"。那会使你的可信度荡然无存。采用功能型简历格式，列出技能、经历和成果。然后，在面试期间当招聘经理要你解释这段空隙时说实话。（很多公司会做背景调查的。）你如果能使招聘经理相信你已改邪归正，这比撒谎后被发觉有更多得到和保住工作的机会。要说你现在走正道了，而且要诚挚而坦率，而不是拐弯抹角、偷偷摸摸。有些雇主对自己给有前科的人第二次机会颇感自豪。

**458.** 你工作过的那家公司声名狼藉？这问题要小心应付。这家公司如果在你写简历之前几年就倒闭了，你最大的问题不过是听到几句挖苦。但是，如果公司是你正干着的时候黄了，面试你的雇主要么会因为你来自一家破落的公司而另谋他人，要么会因为你生存于恶劣环境并伴随其始终而认为你是个坚强的家伙。大多主管喜欢顽强的雇员。能很好地应付逆境通常被视为一项优点。

**459.** 你因为结婚、离婚都换了好多次名字了，你的简历如何反映这些情况？雇主们经常从你过去的公司里搜寻证明人，当招聘经理认识来自先前公司的某个人时更是如此。但是，你也没必要不厌其烦地列出你呆过的每家公司的名称，直到你的推荐人所在的这家。然后，将推荐人认识的人名列在参考信息目录上。面试期间，老实回答招聘经理有关你曾用名内情的问话。很多人都有过既往婚姻，没有人会为这个难为你。然而，对招聘经理关于离婚的个人偏见要有足够的心理准备，这是你无法预料和控制的。

# 第十四章
# 抓住那些推荐信
# 和推荐人

当你在一家公司工作时，要养成记住合适推荐人的观念，那会让你工作起来如鱼得水。当你需要一封有分量的推荐信时，就会有贵人相助了。当你放下工作时，离开之前将所有漏洞处理干净方为明智之举。做完你的工作并且要给每个同人留下好印象。求职之时，你就可以让他们当推荐人了。因此，你必须准备要拿得出来。以下是你必须了解的有关推荐人和推荐信的事情。

**460.** 记住，工作推荐人比个人推荐人有意义得多。的确如此，你姐姐认为你很酷，你上一个老板怎么看呢？尝试细看你的推荐人名单，就像你要招聘某人那样去看。要写上那些有分量的大腕。

**461.** 不要将推荐信糊在、钉在或者粘在简历上。

**462.** 简历中不要用"有推荐人"这样的字眼。你完全可以略而不提推荐人或者在求职信中加上一句："如有需要，我随时可以提供优秀的推荐人。"顺便说一下，大多数招聘经理都认为找工作的人应当有一份推荐人名单。

**463.** 选择合适的推荐人。不要列出那些吝啬夸赞的人或者 8 年以前与你共事的人。要是你只有 22 岁,你 16 岁时在剧院卖爆米花做得很火这件事还值得一提。找个上司来证明你那些出类拔萃的技能。如果你选择了一个大学暑期工作时的上司来证明你擅长挖掘,那你就有可能给人留下一种印象,让人觉得你是不择手段,非要找人推荐不可。

**464.** 选择那些善于言谈的人。一个不善谈吐的老板或许帮不上你什么忙。不要列上任何不善辞令或者不善交际之人(即便他欣赏你)。当下的招聘经理通常将不予置评看成负面评价。他会疑心这个上司不喜欢你却不愿说出来,因为这年头雇员们有事没事就爱打官司。

**465.** 要事先询问他们是否愿意充当推荐人。未经允许而将他人列入推荐人名单是很失礼的。这样做也能保护你的最大利益。如果你认为列入的那个上司会赞赏你的工作而实际上却不是那么回事,那会从他的话里带出来。"我不做推荐人。"要是你问都不问就列上他,那他可能会做出败事的不予置评或者漏出他的本来面目,说你是如何如何不怎么样的雇员。弄来一个心不甘情不愿的推荐人还不如没有推荐人好呢。

**466.** 找个热心的推荐人,找那种总是夸赞起来十分慷慨的人。别指望那个令人讨厌的、这辈子对什么都不来电的老板会变成一个与人为善、对你赞不绝口的推荐人。要实际些。

**467.** 决不要低估一个合适推荐人的重要性。要确保你有 3 ~ 5 个来自过去雇主的推荐人。有些公司看重个人推荐人,但通常最好的推荐人是你的顶头上司和那些跟你共事过的人。其次就是:你上司的上司。再次:那些向你负责的人。

**468.** 不要将推荐人列入简历。如果在提交简历之初就有人索要推荐人名单,而且你提出的那些老板又不见得会给你好评时,你可要权衡利弊,看看要不要把他们交出去。(你自然应该明白能否得到有利又有力的认可。)任何情况下,招聘经理几乎不会去联系那些推荐人,除非求职者至少面试了一次。

**469.** 列出那个对你的工作表现赞不绝口的老板,而不仅仅因为他是你过去的老板。

**470.** 选择一个能言善辩的推荐人。要是你的推荐人闷声不响,招聘经理可能立刻会想到,他在掩饰一些不好的事情,因为他不想惹上官司。

**471.** 不要列上一个不愿意回电话或电子邮件的前上司。拒人千里的推荐人再好也没用。既然你在那里工作过,你该知道谁是那种不好接触、不愿交流的人,对他们要敬而远之,别浪费招聘经理的时间。

**472.** 你的推荐人名单里要有一个你近期的老板。如果你最近的工作中没有这样的人好列,那就退而求其次,找找你共事过的能为你说好话的同事吧。那也比列上一个有关你的事啥都想不起来的老板好。

**473.** 你的推荐人名单应该是你拿着去面试的一张纸。而且,不要忘了拿额外的材料。面试时不带最新的推荐人名单是件大跌眼镜的事情。招聘经理就会想,这老兄是怎么做的准备工作,面试时竟然连这么重要的东西都忘记带了?

**474.** 遵循基本礼节,只在被问及时提出推荐人。除此之外,不要谈及他们,不要在面试人员面前拿着名单招摇过市,让他非接受不可。急功近利并不会给你加分。

**475.** 要确保推荐人的联系信息全面而准确。根据招聘经理和猎头的经验,在这方面大意是许多应聘者的通病。匆匆忙忙去找工作,拿出一份过时的名单来,有时甚至明知电话号码和地址变了也不改。(这在当今手机号和电邮频繁变更的时代是很经常的事。)

记住,不能及时更新推荐人名单让你看起来懒惰而散漫。你说自己要让招聘经理相信你能力非凡、办事周全,但是你让你和他的第一次接触就不是那么回事——你没更新你的推荐人名单,可见办事并不周全。

**476.** 如果你没列出你最近的上司,面试人员面试时会问你为什么不,因而聪明的话就在被问到前准备个理由。即使为了解释你和上司如何得素不相能,也不要恶言相向,指责他是如何卑鄙,如何不欣赏你等等。招聘经理从自己的立场会轻易认为你在诽谤先前的上司。这无助于你得到工作。

**477.** 你的简历中不要附有推荐信。你可以在面试时呈上它们。这些被看成"内部推荐",而且雇主通常会要求你提供额外的推荐人(信),因为不被欣赏便不会被推荐。如果某人给你一份不利的推荐,你还会拿出来在招聘经理眼前晃吗?这有点像整形外科医生给潜在患者看的一系列效果良好的术前术后对比照片,但是那些效果平平和效果欠佳的照片都到哪里去了呢?

**478.** 不要列出爱搬弄是非和喋喋不休的推荐人。要是他口没遮拦,抖出你过去的猛料来那可怎么得了?你不想让招聘经理知道你在拼命赶活的时候曾经大发神经,或者离婚后失落得失踪了一个月吧。在官司满天飞的社会,你大概认为没人会揭出你的丑事吧——你或许是对的——但这还是有可能的,所以为什么要冒险呢?

**479.** 你要明白,大多数公司相信那些与你有直接联系的人的亲口推荐——与你共事过的先前的上司、同事或者下属。推荐信徒具形式,意味着它只有10%的可信度。一个猎头解释道,"我们知道人们都是让他们最好的朋友写推荐信,甚至辛普森都能找到人说他是良民。毋庸多说,这便是为何推荐信仅仅被匆匆一瞥了。没几个招聘经理和猎头会拿它们当回事儿。"

**480.** 别忘了,列出带有不利内容的工作会坏事的。要是你的工作经历会将招聘经理引向一个想毁了你的老板,在简历中略掉那份工作。的确,你或许不得不解释简历上的"漏洞"(你1984年到1999年之间做什么营生?),但这也要比化解你那个上司刻意的大放厥词来得轻松:"他脱岗时从来不打招呼。他不来上班从不打招呼。他每天都迟到早退。他一个月要病十次。他同事跟他干到一半就忍无可忍,因为他们老是要替他干活。不要聘用他!"

恶评是将你的简历送入垃圾箱的最直接途径。评价一般也会让你的工作化为泡影,因为你无法与那些好评如潮的人竞争。

**481.** 如果你目前有工作,要确保你目前工作时的所作所为能为你赢得好名声。要让雇主认为你的所作所为合乎职业道德规范,且每天的工作都卓有成效。

**482.** 当你放弃某个工作时,物色几个能为你说好话的同事。合适人选就是曾经与你密切合作过,并且认为你的工作出色的人,或者知道你工作守时或认为你既睿智又机敏的人。

**483.** 如果你是某个岗位的新手,要时不时地请上司反馈你的工作情况。而且,如果可能的话,要尝试拿到书面的反馈。这样,当你迫切需要一份颂扬之辞时,你便可拿出这份好评信来。在你工作的最初几个月,你更容易得到这类好评,因为那时上司们为了激励你多干活,夸起人来可是不遗余力的。

**484.** 如果某人拒绝做你的推荐人,要将这看作了解你自己作为雇员的表现的天赐良机。忠言逆耳利于行,但这同时也是一种自我提高的途径。要洗耳恭听,从善如流。

比如说,那个要做推荐人的上司告诉你,每次他提出建设性意见的时候,你总是勃然大怒而且百般辩驳,你就没有一次真正听得进去,并且试图改进工作的。这听起来像个头脑开明、乐于进步的雇员吗?

自然,没有人喜欢批评。恶语能伤人。然而,如果你不能明白自己为什么得不到提升,那你就不会进步。做人要大度一些,不要灰心丧气。当老板说"我不想被列为你的推荐人",你要问他:"你介不介意告诉我作出这一决定的原因呢?我想做得更好。"你的话要让人感到是真心诚意的,那么,没几个雇主会拒绝回答你的问题的。

这样交流获得的结果会令你吃惊。有时老板会认为你在某些方面很差,而你却以为自己很强,反之亦然。知识就是力量。当你得知别人是怎么看自己的,你或许能够改变境况。

大多数情况下,不论是在职场、家庭还是其他任何地方,都是旁观者清。但是,如果你不大得到上司或同事赞扬,那就有问题了。想进步的话,该反思一下了。

**485.** 如果你的记事本或公文包里有几封推荐信,注意它们的外观。猎头和招聘经理讲起过这类恐怖故事,即收到的推荐信旧得要命,又皱又黄。这令你看起来是那种从来不知道更新自己"包装"的人,而那些推荐信又是那么古老,写它们的人大半都已作古了罢。或许事实不是这样的,但那就是你留下的印象,求职也是凭印象吃饭的买卖。要顺水推舟而非逆水行舟。甚至你放材料的公文包也很重要,因为它传达了一种品味。招聘经理会像评价你面试的穿着一样评价你的公文包。去买个适合装材料的公文包,不要让它看上去太厚重。你不能随便拎个什么带拉链的包就出门。

**486.** 打电话给招聘经理以确认对方是否收到你简历时,不要提你的推荐信,也别说你的推荐人都是谁。这会让大忙人们厌烦的。问完以后,来上一句:"你觉得怎么样,还不错吧?"电话要简短,公事公办。招聘经理可不想听你婆婆妈妈,但他一般都会确认是否收到你的简历。不要冒冒失失,也不要急急火火。这将对你不利,其效果不亚于穿着牛仔装去面试。有可能你的工作就因此没戏了。

**487.** 不要以为招聘经理喜欢听你吹牛。有问再答。你能指望的就是,靠你列出的那些愿意为你说话的大腕们抬高身价。

**488.** 检查你的推荐人名单上的每个地方。确保没有打字错误或打印污痕或字迹太浅、无法辨认。

**489.** 如果你生活中有不想为人所知之事,要通知那些推荐人名单上知道这些事的人。

**490.** 别忘了除了你直接的上司和同事之外,你还可以找别的推荐人——那些因为以前的工作关系而和你打过交道的人,如贸易组织、客户等。

**491.** 如果某人同意做你的推荐人,但仍对他要说的有关你的事情心存疑虑,找个朋友装作想了解你的工作记录的雇主给他打个电话。小心点没坏处,万一你列出的人作出对你不利的评论,就会毁掉你得到面试的机会。如果不放心,就检查一下。小心无大过。

**492.** 请人写推荐信时,要给你的每个推荐人一份你的简历,这样他就有了你工作的时间和地点的信息。不要让你的推荐人费心想这些事儿。没几个人能记住你何时何地为哪家公司工作。他们所能知道的就是你是什么样的雇员。

**493.** 给每个推荐人一份列明你的素质特长的简短清单。如果你列出勤勉敬业的素质,那么指出你经常自告奋勇从事额外的工作。如果你列出创造力,要谈到你经手的项目和这些项目是如何为公司获取利润的。如果你列出领导才能，就概述你担任的职务以及是如何得到进一步提升的。这会令你的推荐人记忆犹新，进而能够更好地帮助你。（一般说来，如果某人愿意做你的推荐人，他是会乐意促进你的事业的。）

**494.** 如果你知道某家公司对你的某种特长颇感兴趣，也要记得告诉你的推荐人，并且请他强调这一特长。如果你应聘经手资金的工作，或某个与财产情况有关的工作，你需要有人担保你是值得信赖、道德高尚、品格无可挑剔的人。

**495.** 如果你得知你的推荐人很忙，无暇给你写推荐信，那就给他准备一封推荐信让他或她签名。你要对其解释清楚，说你很高兴打个底稿。有些人乐得你这么做。

**496.** 在离开原来的行当之前，请你的上司给你写封推荐信。如果他或她拒绝这么做（或是刚好不在），让同事或下属给你写一封。

**497.** 如果有人老是提供对你不利的证词拖你的后腿，而你解约时发了脾气，划破了人家的轮胎；或者被迫辞职时头脑发热发了火，一定找到对方道歉。要尽量试着控制风险，清理你留下的尾巴，阔步向前。告诉这个推荐人你不是在请求溢美之词，而是要得到公允的评判。

**498.** 如果你先前的老板总是阻挠你得到一份新工作，请一名律师写律师信以诉诸法律警告他。诬蔑你可以构成（书面）诽谤罪或者（言辞）诽谤罪，大多数公司不喜欢自己的管理人员官司缠身。

**499.** 不要认为过去老板的风言风语不会伤害到你。这些东西都是地雷。你一定要竭尽所能去提防任何"过河拆桥"的人。即使你头脑发热，情绪失控，说了不该说的，可即便是你先前最令人生厌的上司也是有仁慈之心的。尝试去亡羊补牢，这样，你先前工作的阴影便不会再纠缠你了。

# 第十五章

## 表达感谢的技巧

　　向帮助你找工作的人表示感谢。这样做有助于培养更牢固的人际关系，使你从人群中脱颖而出，并且显示出你具备社交方面的技巧。

　　考虑一下"顶心意识"这个广告理念。意思是，对于某种产品，如果你比较频繁地听到，且是比较近期接触，就更有可能记住并且购买这种产品。简历是你的"营销工具"，因此你希望确保别人能看到你的名字，并且能更容易地让雇主聘用你。发送感谢函会有帮助。你的求职已经牵涉许多人，从招聘人员到证明人再到为你的简历作校对的朋友们。对这些人，你都要表示感谢。下面是关于表达谢意的几条建议。

**500.** 记得说"谢谢您"。对人说"谢谢"是社交礼仪中最受轻视、最受低估的内容之一。是否记得说"谢谢"对你能不能得到工作会有根本的影响。

**501.** 选择称谓语要慎重。是该直呼其名还是应该使用先生、女士、夫人一类的称呼？这要取决于你跟这个人的关系。在美国，人们在商业往来中是比较随意的。倘若某人以执行官的身份由别人介绍给你，而且她并没有要求你称呼她的名字，那么感谢函中就要用敬语和她的姓来称呼：敬爱的执行管。如果不是这种情况，在商业往来中就用名字来称呼。

**502.** 不要过于夸张地向面试者表示感谢，以免让自己显得太"急不可耐"、太怪异。最佳对策是：在离开面试房间的时候表示感谢，并且当天回家之后再发一封邮件道谢。

**503.** 不要送礼物或者送鲜花给面试你的招聘经理，因为这像是贿赂（我给你送礼，那么你会觉得有义务聘用我）。不过，你可以送花给普通的招聘人员。只是要确保，不要为了感谢招聘经理面试自己，就送花或者送礼物来讨好他，这会被当成低级贿赂。

**504.** 向招聘人员、证明人以及在求职中给你鼓励的朋友们致谢。将来他们有可能会再次为你出面说话。

**505.** 每个月或者每个季度向你的朋友群、家人、生意上的熟人，还有普通熟人，告知一下你找工作的情况，让他们知道在接下来的求职过程中你想得到什么样的引导。

**506.** 给每一位会见你的人寄送感谢函。给面试过程中每一位你曾经与之交谈的人寄送感谢函——许多求职者认为没有必要这样做。他们推测自己的6封感谢函会如出一辙。要是一位面试人员拿自己收到的感谢函跟别的面试人员收到的感谢函一对照，那可如何是好？其实不必多虑。关键问题在于：给每一位面试人员发送感谢函是明智之举。许多时候，这一显示良好礼貌风范的小事情就会决定谁将获得工作。即使你接受的是4个人的电话面试，挂电话前也要问好他们的姓名和职位，然后一一发送感谢函。

**507.** 尽量手写感谢函，除非你的笔迹难以辨认。大多数雇主和招聘经理认为手写的感谢函最好。但是如果你写字太潦草，笔迹难以辨认,那就打印吧。记住,手写函会与众不同,因为它一般不会使用标准的商用信封。这意味着它会首先被拆开。

**508.** 如果你将参加诸多面试,没时间写如此多的感谢函,那么使用机制格式的感谢函就容易多了,你可以为每个人量身定做感谢函。感谢函的基本准则就是"动手去写"。不管是手写到可爱的卡片上,还是打印在正式的纸上,关键是要记得去写。

**509.** 在聘用结果出来之前的 48 小时内寄送你的感谢函。如果使用电子邮件很普遍,那么使用邮政系统就会显得你老套落后,而且对方会怀疑你应用新技术的能力。

**510.** 不要因为你懒得写卡片和填信封而使用电子邮件。你的准老板打算在你身上投一大笔资(工资、奖金、利润、培训),因此他期望你求职的时候能够投入些时间,并且表现出一流的水准。

**511.** 要是你性格风趣,那你可以在感谢函中幽默一把。大家都喜欢轻松一下。另外,言语机灵可以让你脱颖而出。如果你知道某些能吸引读者兴趣的内容,说出来。

**512.** 在与准老板的通信中绝对不要谈论与种族、性别或者宗教有关的内容。绝对不要包含贬低或蔑视任何团体或者个人的内容,就算是开玩笑也不行——这对你竞争职位没有任何用处。

**513.** 如果见到对你面试的行业或者公司适用的文章,就寄发给你当时会见的人。不过,要确保文章中没有对公司产生消极影响的内容。简历和其他通信都是要推销自己,说明你的技术和能力能够给公司带来积极的变化。不管你是要竞职首席执行官,还是信件收发室的分拣员,你只有能够为公司运作做出贡献,公司才会雇用你。

**514.** 让你的感谢函与众不同。有些人使用普通信函,对面试官花时间来面试自己,大肆表示感谢,说自己对公司和该职位多么感兴趣,声称自己如何称职。但是这样做没用,因为每个人都这么说。反之,你要好好构思感谢函,要把你从面试者那里得到的独特想法和问题反映到感谢函中。如果对面试中你们讨论的问题,你自信可以解决,就要在信中提到这些问题。让你的感谢函有实质性内容。

**515.** 写感谢函的时候也可以使用求职信的写作技巧。(参见第二十一章)

**516.** 在感谢函中,不妨再次提及你所具备的技能,以此暗示对方:我是理想的候选人,值得您慎重考虑。假如招聘经理正在犹豫不决,考虑哪位面试者是最佳人选,这封感谢函就会加重你入选的砝码。

**517.** ——点明该职位的要求,并让这些要求与你的条件——搭配。这个方法能够有效地提醒招聘经理,你是个强有力的候选人。

**518.** 面试过程中,用坚持到底来显示你对工作的兴趣。在面试过程中询问一下聘用的步骤,以及何候选人何时能被告知面试结果。如果招聘经理回答是一周,那么就等上一周,等他们打电话。如果五个工作日后你还没有收到任何人的消息,那么在第六天时打个电话,说明你只是想联系一下本部,看看是否有什么消息。谈话要简洁、切中要点,不要喋喋不休。

**519.** 如果有信息要更正:比如新的手机号码、地址或者其他相关信息,那就打个电话。(任何变动都是你打电话的好理由。)

**520.** 向招聘人员致谢有利于和对方建起关系来。招聘人员帮助人们找工作是有报酬的。有些人是固定岗位，有些则是偶尔为之。岗位固定的意味着无论他们有没有成功地选出候选人，他们都会得到报酬。偶尔为之意味着只有成功找到被聘用的候选人，他们才能拿到报酬。从根本上来说，这些招聘人员从事的是管理层次的工作和十分特殊的工作环境。也就是说，这意味着他们可能没有意识到：跟你共事是有利可图的事情。就像任何商业关系一样，你要跟招聘人员建立熟稔的关系。如果那个人看好你并且信任你，他就会给你介绍许多工作。

**521.** 感谢你的推荐人。做一次推荐需要 15~45 分钟，每一位推荐人为了帮助你找工作都可能要贡献大量的宝贵时间。向你名单上的每一位推荐人表示感谢，以示回报。

**522.** 感谢为你的简历作校正的善良的朋友们，感谢所有帮助你找工作的朋友和家人。要在他们施以帮助后立即表示感谢。要发送手写信函，除非你的笔迹难以辨认——如果那样的话，就打印信函。如果只是发个电子邮件给朋友感谢他帮助你找工作，这是最随意、最不真诚的方式了。电子邮件是沟通交流的好方法，用来传送信息也是难以置信的简单。但是，如果你想向为你提供额外帮助的人表示感谢的话，就要寄送手写信函。

**523.** 为了表示感谢，送鲜花、送点心，或者送果篮给帮助自己的人，这样做有些过头，但是你可以送些能装进信封的东西，比如小册子、小书本之类。对帮助自己的家人，送花、送礼物或者请客吃饭，怎么样都可以。

**524.** 向熟人打听情况时要具备礼节常识。不要迫不及待或是让人倒胃口。

**525.** 表现出你的用心。要花时间让感谢显得真诚、有新意。告诉他们，对于他们对你的帮助，你是多么的感激。尽管人们很乐意互相帮助,但是大多数人也乐意得知自己提供的帮助被人看重。尤其是写信给密友的时候,要友好热情,当然前提是要表述自然得体。

**526.** 如果有技术方面的朋友或者商业伙伴看过你的简历,要把他们补充的技术性内容添加到简历中。

**527.** 使用传统信纸。给曾经帮助过你的熟人写信,要用朴素的信函卡片。不要买那种顶端带有"谢谢你"字样的祝福卡片或是类似的东西。高品质的普通信函卡看起来既与众不同又很专业。

**528.** 对于在某机构任职的、帮助你准备简历的人,如果此人反对个人之间的通信,那就不要寄送感谢函。如果你跟这个人很熟悉,可以将感谢函寄到这个人的家里。

**529.** 如果你面试的是机密职位,那就向面试者询问一下,给他寄送感谢函是否合适。你并不想破坏对方寻求雇员时的保密要求。

**530.** 即使你决定不要这份工作了,也要发送感谢函。也许面试让你改变了想法,或者你发现了这家公司有某些让你不愉快的东西。无论如何,礼貌地待人接物总是件好事。当你在获得该职位的道路上又前进一步的时候,你可能再次改变主意。不管结果是否如你所愿,都要对面试者所做的工作表示感谢。做了某些令人愉快的事情,你永远都不会遗憾。

**531.** 时间的安排会是求职的关键因素。如果是寄送信函,就要在面试后24小时内寄出。通过电子邮件交流,要在48小时之内。使用电子邮件的话,你在时间上的滞后余地更大一些,因为收件人可以立即收到邮件。尽管招聘人员可能不会当天读到电子邮件,但是你在面试后立即发送电子邮件,这会给他留下好印象。许多咨询顾问建议求职候选人要先等上 7 ~ 10 天,然后再发送感谢函。但是如果考虑到招聘经理的记忆力问题,这就不是个好主意了。因为你在冒险:7 ~ 10 天以后,招聘经理可能已经忘记你是谁了。要是等了很长时间才表示感谢,你就会发现:当你还在往滞后的感谢函上贴邮票的时候,工作已经有主了。

**532.** 要求推荐人给面试者发送认可书函。尽管外界的认可总有点偏见,但这种推荐所带来的帮助,却是其他形式所无法比拟的。如果你认为自己将很快获得工作,那么打电话给两个证明人,让他们通过电子邮件向你的准老板说些认可你的话。那样的话,面试者会从外界的言论中得知你有多棒。

**533.** 将电话致谢作为第二个选择。给在面试中帮助过你的朋友打电话或是给招聘经理打电话,这是个不错的主意,但是要记住,你想要表现的是:诚心诚意表示感谢。打电话是向人致谢的最快、最简单的办法了,相比之下,写信当然要费时。如果没有别的办法可以联系到你要感谢的人,那就打电话。但是在对方接起电话后,你要立即询问:"您现在接电话方便吗?"——这样的话,如果你打电话的时间正好不合适,他就好处理了。决不要因为要感谢招聘经理而惹恼了他。想要保证自己不会惹人讨厌的话,好好考虑一下打电话的技巧。如果面试中你注意到面试者是个时间观念极强的人,那么一定不要给他打电话。那种类型的管理人员不会欣赏电话致谢,相反,他们会把这看作不好的举动。

**534.** 不要表现得太滑稽可爱。很明显,你想感谢在简历方面帮助过你的人以及面试你的人。但是,除非是从事娱乐业或广告业,不然不要送配乐电报或玩具之类的东西。(确实有人这么干过!)

**535.** 不管你是手写信函还是用电脑写,都要拼写无误、语法正确。写完以后,要白纸黑字地放好,以便随时检查一下。对于许多招聘经理而言,信函中的拼写错误或者语法错误很扎眼(也很麻烦)。

**536.** 正确拼写每一个姓名。每个人在自己使用的语言文字中,最喜欢的总是自己的姓名。书写时把别人的名字拼错,你就等于失去了一位支持者。如果有疑问,就给对方单位或者个人打电话,确认一下正确的拼写方式。注重细节,会让别人对你有独到的认识。

**537.** 向面试者致谢时,不要卖弄风情。他会以为你对他展开情感攻势呢。

**538.** 可以在面试当天亲自递上感谢函,但是别想立即有所交谈。要考虑管理者的时间问题,只要留下写好的信函就行了。

# 第十六章
# 将简历交给自己的伯乐

　　精心制作、写满成绩的简历,如果不能交到恰当的人手上——那些能够聘用你或是把你带给雇主的人——它就只是一纸空文。因此,求职的关键因素就是要弄明白简历该寄给谁。

　　按照招聘广告的指示做,搞清楚出任某职的领导的真实姓名。你是要把简历寄给具体的活人,而不只是"人事部主任"或是"人力资源部部长"——这样可能行不通。

　　这里有些建议,教给你如何确保简历能够到达掌握雇用实权的人手中。

**539.** 查出收信人的姓名。如果你确切无误地知道招聘经理的名字,并且写到了简历的求职信和信封上,那么,对方一定会收到你的简历并且查看简历的几率会更大。只要邮件上写着自己的名字,几乎每个人都会查看邮件,尤其是书写正确且带有合适头衔的时候。

**540.** 要意识到封页上写着"寄给相关人员"的简历会有何下场。对人力资源部的职员来说,这样做意味着你懒得知道收信人的姓名。那样的话,你的简历恐怕要费尽周折,才会到达正确的地方,可能有人会看,当然,也可能没有人会看。你没有写明招聘人的姓名,就别指望收发室的人或者部门职员会把你的信交给应当收信的人。主动一些,查明雇主的姓名。

**541.** 记住,10 份寄给正确收信人的简历与 100 份寄给"敬爱的人力资源部主任"的简历相比,前者更有价值。如果你详细地指明收信人,那么别人察看你的简历的几率会更大。不要仅仅因为查名字困难,就用"亲爱的销售部经理"。一定要查出来。把简历寄给"销售部经理"不会比寄给"相关人员"更有用。

**542.** 按照招聘方的提示做。如果你是从广告上看到招聘消息并作出回复,那就要按照广告上要求的方式寄送简历,比如以邮件、传真、电子邮件等方式。

**543.** 不要打电话询问:"这年头都用电子邮件联系了,为什么还要用传真发简历?"干工作其实主要就是要听从指令,遵守规矩。如果你在找工作的时候就拒绝按照指示来做,那么公司的人就会认为,即使聘用了你,你也不会服从指挥。坦白来说,你只会让人觉得麻烦。"我看到了你们的广告,但是我更愿意用电子邮件发送简历,行吗?"不行。反之,你要显示出你是多么配合。要是没有传真机,就去打印店,并且按照招聘经理要求的方式发送简历。

**544.** 用信件反馈信息。你可以在看到报纸上、网络上的广告后寄送简历去应聘,或者主动寄送简历。不管你寄送简历的起因是什么,都要确保指定收信人的姓名正确、公司名称及拼写正确以及收信人所在的城市、小区、街道和邮政编码正确。

**545.** 寄送简历的时候不要弄错邮编,否则你的简历可能要在邮局的失物招领处结束使命了。

**546.** 只有在确实无法找到恰当的接收人的时候,才能大规模"群发"简历。给看好的各家公司寄发数以百计的简历,然后就一心盼望着你的简历最终会被放到合适的桌子上——这是姑妄一试。你得做好心理准备：简历的传递途径正确，有人会看到简历并将之通过，那个人会拿起电话邀请你见面，并且，最终给你这份工作。如此一路下来都要机缘凑巧，胜算几何呢？

**547.** 打电话确认对方是否收到简历，并询问对方是否有兴趣跟你谈谈——这会提高你在主动寄送简历后获得面试的机会。通过邮局主动寄送简历后，等 5 天，然后打电话。留出这个时间间隔，招聘经理正好收到了简历，而且还没有把它埋到其他文件下面。

**548.** 遵守传真中的礼节。当广告或者工作告示中要求你用传真发送简历时，要按照要求做。从正式的程度上来看，传真介于信件和电子邮件之间。用传真形式发送简历，你可以使用 Microsoft Office 里的传真模板来进行制作。传真封面要做得专业些。如果可以的话，打印出来。传真件上应包括收件人的姓名、传真号码，以及你的姓名、传真号码和手机号码。这样，即使地址错误，传真仍然可以正确地传送给接收人。传真简历的时候，再加上一份求职信，以说明你能完美地胜任该工作（见第二十一章）。

**549.** 用电子邮件发送简历。如果网上的工作告示栏指出应当用电子邮件发送简历，并且给出了指定的收件人员，那么简历就能送对人。确保你用电子邮件发送简历的水平是专业的。不要只是把简历作为附件发送出去而不说明你发送简历的原因。再三检查输入的对方的电子邮件地址，务求正确。

**550.** 如果招聘广告中没有公布招聘方，那么按照要求来做，并且不要追查发布广告的公司。用这种方式刊登匿名广告肯定是有原因的。可能因为招聘的职位需要保密，招聘经理不想让应聘者或是外界人员获悉某职位目前空缺；或者，公司刊登匿名广告是因为人力资源部门不想接听随广告而来的难以数计的电话。还有一种可能是：公司的人事变动比较频繁,公司不想让外界知道他们又有职位空缺,需要招人。尊重公司刊登匿名广告的选择。要是你查出了刊登匿名广告的公司,那就可能得不到热情接待,所以不要费心去搜查谁是广告的主家。

**551.** 如果你是应征招聘信息公告栏或是公司网站上公布的职位,那么,下面的两种方法,你要选择其中一种。工作告示板上通常有电子邮件地址的链接,你要把简历附上或是通过剪切—粘贴把简历添上,还要包括一份简短的、成就驱动型电邮求职信。将简历加为附件,或是剪切—粘贴都可以。提供多种选择,是因为有些病毒防护程序可能不允许接收带附件的邮件。你还可以在每个工作告示栏里注册一下,虽然录入信息可能花费一些时间,但是以后回复帖子就方便了。

**552.** 要让公司看到你的名字和简历,使用工作告示板是个好办法。它确实有用。但是要记得,在你看到工作招贴的时候,世界上数百万的其他人也看到了。这并不意味他们会都像你一样合格,但是一定意味着他们也可能应征这些职位,因此,庞大的应征人群就一定会放慢招聘的进展速度。把"告示板方略"视为姑且一试的办法。另一方面,阅读报纸招聘广告的人通常都限定在某一区域内,然而网络广告却基本上没有地理界限,全世界的人都可以看到网络上的招聘列表。

**553.** 看了互联网上的工作告示板而寄来的简历不计其数,对于这些简历,人力资源部门的职员不会可怜巴巴地仔细研究其中的每一份——想都不要想会有这样的事。更有可能的情况是,招聘部或者公司会使用搜索引擎来查找四五个对该职位来说至关重要的关键词(更多内容详见第二十四和第二十五章)。

**554.** 为自己的简历确定恰当的关键词,这样简历才能到达合适的人手上。使用专门的行业用语来表述你的工作。如果你想找看护工作,那就使用"保健"、"患者护理"等行业术语。没有使用恰当的术语会使你在筛选过程中的层次大大降低,你会因此得不到实际上能够胜任的工作。简历的开头部分先写联系方式,之后是经历概要或是技能概要,概要中要使用关键词。这样的概要可以让读者快速地浏览到你的背景、经历和成绩,还能突出你能给准老板带来的最大利益。使用你所担任的工作职称和所在应用领域及产业最通用的术语。

**555.** 在发送简历之后打电话跟踪查询的时候,要想好自己该说的话。说话的时候要表现得积极乐观。大约用 30 秒陈述完内容,然后倾听对方的答复。

**556.** 如果用传真传送简历,要在 48 小时之内打电话确认对方已收到传真。有的时候传真并没有到达目的地;而有的时候,传真件会命丧垃圾桶。另一种可悲下场就是:你的简历传错了人。

**557.** 用电子邮件发送简历之后,随之打个电话查看一下。正如传真会出错误一样,电子邮件也免不了出差错,而且如果电子邮件发送失败了,还经常收不到出现故障的信息回执。发送电子邮件之后的 24 小时以内,要紧跟着去确认一下简历是否安全通过了网络空间。

**558.** 24 小时内给匿名广告发送后续电子邮件,以确认对方收到了简历。理想的情况是,如果电子邮件地址上有姓名,那么你就能够查出谁是简历的接收者,并且打电话确认一下。5 个工作日后,你可能打算再打个电话问问简历的情况。有些招聘经理会认为这是自信的积极象征,而另一些则可能觉得你惹人厌烦,因为你已经打过一次电话了。因为保守而犯错误可能更好一些;后续活动千万不要做过头。

**559.** 记住使用电子邮件的注意事项。电子邮件地址与实际邮寄地址相比，变化速度更快，所以要再三察看，以确保电子邮件的地址是目前正在使用中的。如果是回应报纸上的广告或是工作告示栏中的招贴，那么你可以认定电子邮件地址是正确的；但是，如果是按照某人名片上的电子邮件地址发送简历，那就别想当然了，询问一下。

**560.** 如果在与别人的交往中得到名片，那么可以在打电话获得对方允许之后，将你的简历按照名片上的电子邮件地址发送过去。但是按照名片标示发送的简历，数量不宜过多。对方可能没记住你是谁，可能不再使用那个电子邮件地址，也可能不关心你找工作这件事。

**561.** 通过公司的网站搜索正确的电子邮件地址以及招聘经理姓名的正确书写方式。如果没能找到电子邮件地址，那你可以参考公司的电子邮件地址协议，自己写出地址来。用多种方式向该地址发送简历，以确保简历能够送到。将猜测的次可能的电子邮件地址填到"暗送"一栏发送。

**562.** 使用 Google 或 Yahoo 之类的搜索引擎查找电子邮件地址。也可以利用平台机构来查找，比如接线总机。

**563.** 为了把简历交给恰当的人，你可以把随身携带简历当作办法之一。把简历的复印件装到合适的大信封里，放在车上或是公文包里。那样的话，每次有机会认识什么人的时候，你身边都会有简历可用。你跟任何人在一起的任何时候，都可能碰到这样的机会。

**564.** 求朋友把你推荐给别人，帮你传递简历。朋友既可以把你的书面简历交给招聘经理或公司的招聘人员，也可以帮助你用电子邮件把简历发给对方。如果你的朋友在公司表现不错的话,那么来自现任员工的推荐比你自己———一个陌生人发送的电子邮件更有说服力。

**565.** 如果你们的文化传统并不鼓励过度的强势行为,那么,为了把简历送对人,你可能不得不学习各种社交礼仪了。有些欧洲人不习惯毛遂自荐,也不习惯为了把简历交给合适的人而费尽心机。一个瑞士人提到,他在克服本国文化考验的时候遇到了困难:他们的文化习俗不赞成向招聘经理呈递简历时表现得胸有成竹。

**566.** 如果有必要的话,可以登门拜访。但通常来说,登门拜访并不会取悦商业人士。但是,如果你是打算好了,在地图上以自己家为中心画个圈,准备就在这个圈子里筛选,不断发送简历,请求短暂面试,那么在你家附近地区好好勘查一圈可能会有用,而且那样的话,你的登门拜访就不会显得超出常规或是过于急切了。或者,如果你真的很想去这家公司工作,那么就带上简历,彬彬有礼地请求跟招聘经理见一面(你要说明没有约好,不过只是见几分钟,并且要保证不会超过 5 分钟)。

**567.** 为把简历送对人而努力,努力还要有创意。或许可以送上一份关于你的工作的小样本,比如一张 CD,不过这个样本不能包含机密或是私密的内容。这个策略要用在你最感兴趣的对象上。

**568.** 不要同时给同一家公司的不同部门发送简历。没人喜欢这种做法。不要变着法子修改简历来强调自身的技能,然后把简历发给某家公司,还顺带着把模式化的复印件发给这家公司的各个部门。不要为了把简历送对人而不择手段。

**569.** 想让对方对收到你的简历这件事留有印象(因为你真的很想到这家公司上班),那就尝试一种不同寻常的传递方式。查到招聘经理的姓名、职位和地址,利用当地的传送服务机构、快递公司或者包裹运送服务公司来寄送你的简历和求职信。这样的传递方式会比较贵,所以要有节制地使用。

**570.** 定时跟进,询问进展状况。要确保你的简历被人读到,只靠打一个电话是不够的。如果找到了简历的接收者,而他说"已经收到了简历,但是还没有看",那就问一下什么时间能打回电话去,回答他的问题。然后在提示的时间打电话。如果打电话没有找到收信人,那就一直打,直到找到他为止。你可以留口信,但是对方会不会回电就令人怀疑了。所以说,你需要不停地打电话,直到能跟你要联系的人说上话才肯罢休。不过不要一天留 5 次言!即使你没能跟对方交谈,那样做也会给人留下负面印象;招聘经理会注意到有 5 张"请致电"的纸条,他会认为你这个人不顾一切或是歇斯底里。

**571.** 把简历送给指定的招聘经理,同时还要寄一份给人力资源部门的主管,以示尊敬。那样的话,两个部门都有你的材料,你就不必非要等着人力资源部的人把你的简历交给招聘人员了。

**572.** 四处走动走动,以此查看已经做过的努力效果如何。将你的简历载入工作资料库,记住这些资料库,那你就会知道自己的信息都在哪些资料库登录过了。

**573.** 如果你把简历发到了每一个招聘网站上,数百万计的人都看到了你的简历,那就要让招聘人员知道你现在的情况。如果你在网络中横冲直撞,那他可能并不想把时间浪费在任用你这件事上。

# 第十七章

# 确保发出的简历能
# 得到回复

把简历送出去之后，你大概想知道简历是否真的到达目的地了。在发送简历之后打一个简短有礼的电话，这样做是很好的，但是不要每一天都对公司进行电话轰炸。

要保持冷静。参考下面这些指导方法，它们适用于发送简历之后的那个阶段。

**574.** 打电话。只是因为你递交了简历就会收到面试通知的电话可能会有；但更多的可能是：你的简历被压在 99 份其他人的简历下面，或是被放在了某人的抽屉里。如果想要得到回复，最好继续努力。

**575.** 要十分自信，但不要惹人厌。没人企图阻止你得到你想要的工作，但是，招聘并不是招聘经理的首要任务，除非是公司急需招人。要坚持不懈，但是要记住你是卖方，而公司是买方。如果你咄咄逼人或是鲁莽无礼，你的简历就会被否决掉。

**576.** 确保你找对了人。如果你左打电话右打电话，却发现要找的人跟招聘没关系，那就向对方询问一下招聘经理的姓名。

**577.** 当你终于接通了雇佣者的电话,要确保谈话开门见山。说明你是谁,以及为什么打电话。"您好,我是某某。一周前我寄给您一份简历。我要应聘高级化学工程师一职。我想知道您是否收到了简历。现在通话方便吗?"对方可能会说"没有没有"——他可能真的没有收到简历,也可能丢了、被偷了、遗忘了、疏忽了,而且说自己很忙(大家都是如此)。那么你就答复说:"好的,我会再寄一次的。我应当用什么方式寄送简历?"他可能会说用电子邮件发吧。除非他说了自己很忙,不然的话就核实一下电子邮件地址的拼写,询问三天后再打电话是否可以,并且快速地提及使你特别适合该工作的两项内容。不要玩"自来熟"的把戏,动不动就直呼对方的名字。妄自的亲密会导致反感。招聘经理并不认识你,如果你那么专横霸道,他就更不想认识你了。

**578.** 在接通雇佣人员的电话之后,言谈应当简洁扼要、指向实际行动。确保你交代内容的时间不会超过30秒。洗耳恭听比夸夸其谈的作用要大。

**579.** 要知道哪些东西不该说。在给雇佣机构留语音口信时,你不应该说这样的话:"你好!我是某某,29岁,有4个孩子。实际上我并不知道照片设计师是干什么的,尽管如此,我真的很想成为照片设计师。我想跟随名人左右,因为我多才多艺,所以如果他们正想发掘新秀的话,我就有机会告诉他们了。以前我经常得跟着鄙劣的老板干愚蠢的活。那可是段百无聊赖的日子,但是我正在改进,并且希望您能给我一次机会,来聘用我——因为我擅长与人交往,尽管我的前任老板说我在与别人共事的时候表现很差。我渴望在名人和其他要人的身边工作。我关注所有八卦新闻,我还阅读《少年人》杂志。下面是你需要了解的其他内容……"行了,够了!换句话说,如果你不知道应该如何得体地留言,那就干脆别留言。

**580.** 根据公司代表的建议制订后续工作计划表。

**581.** 不要唠唠叨叨、纠缠不清。如果有人告诉你别再打电话了，因为再打也不会有你的机会，那就别打了。另一方面，如果没人阻止你打电话，那就根据自己的判断，每一周或者两周打电话察看一下简历的情况。但是要意识到，任何类似唠叨的内容肯定会降低你获得成功的几率。绝对不要错误地以为接待方需要提醒。许多公司里，收信方会告诉掌握取舍大权的机构，哪些职位候选人令人反感，不值得考虑——因为那些候选人在电话上就很麻烦。

**582.** 公司里的接线员是你需要讨好的人物，要跟他们处好关系。接电话的人可以成为你的盟友。反之，如果你令人反感，接线员就可能会显显她的权力，不给你转接电话。提前问好接线人的姓名，打电话的时候称呼他的名字，但是不要过分献媚："嗨，跟你谈话真不错。"并且，如果你知道他需要接听电话，可能还需要处理前台的工作，那就不要长时间与之闲谈。

**583.** 不要让人听起来你是迫不及待的样子，即使你确实如此。与公司代表、生意上的熟人，或是社会上来往的人讲话时，要保持积极乐观的精神面貌。即使你已经失业两年，即使你说话的时候，家里正在变卖家具，都要振作起来，用自信、职业的口气谈话。不要说："看在上帝的分上，我什么都会做！你有什么我干什么。"坚持自己的积极态度，争取自己想要的工作。迫不及待带不来工作。

**584.** 不要抱怨。招聘经理想要开朗快乐、精力充沛的人。除非你确信自己能够表现得乐观向上，不然的话就别打电话。有时候，在电话上通话时，只要微笑就能使你的声音听起来活泼愉快。

**585.** 不要向接待人员或是招聘经理发泄你的挫败情绪。如果你在一家公司工作了很长时间，那么一想起重新找工作还可能遭人拒绝，就会感到很烦。如果你曾经在很高的职位上工作，而现在却面临较低的工作选择，那你就会经受极度的挫败感。在职位空缺有限的某些领域里,人们也有同样的感受。一位杂志编辑谈到,在她任职的杂志社倒闭而她在全芝加哥市市区只找到了一份本行工作时,她感觉到了崩溃。(这种情况意味着,是时候明白自己该如何改弦易辙了。)

不管你的情形如何,这都不是你对公司代表发泄挫败情绪的理由。相反的,要对所有相关人员彬彬有礼。俗话说"有失必有得",确实是这样。(关于在面试时如何放松,见第二十二章。)

**586.** 永远不要愤世嫉俗,含讽带刺。这对你没有任何好处。

**587.** 不要设置什么最后日期。要弄清谁是买方谁是卖方。你可以向招聘经理咨询时间安排的问题,但是向对方下最后通牒却是不明智的。如果有人提供给你另外一个工作机会,你要向公司说明另一家公司需要在某日期之前得到答复,这样做是可以的。但是要确保说明该情况的时候要表现得自然随意,并且,要记住,你的另一个工作机会是否有最后期限,对正在与你交谈的招聘经理来说,关系并不紧要。

**588.** 对于推荐工作的朋友,也要及时察看事情的进展。不要只是因为你把简历给了一个朋友,拜托他传递给公司代表,就想象着简历已经送到了。把简历交给朋友或是将简历通过电子邮件发给朋友之后,要在5个工作日内继续跟朋友联系,态度要礼貌。可以说:"我只是想要核实一下,看你是不是已经抽出时间把我的简历交给他们了……"

**589.** 对于收了你的简历的朋友,即使他们还没有工作线索,也要继续保持联系。让他们把你的事情当作脑子里的首要事情。并且,对于那些把你的简历排到自身工作之后的朋友,要友好地提个醒:"请别忘了你这个失业的老伙计啊。"

**590.** 对于在足球比赛中、艺术演出中以及在动物园里偶尔认识的熟人,只要你送了简历给他们,就要继续联系他们。4 天或者 5 天之后,重新联系他们确认一下,然后一个月之后再联系一次。

**591.** 如果你发送出去的简历是与商业关系网相联系的,送出去之后要继续关注它们。在建立关系网以及寻找工作的活动中,你可能积攒了大量的名片,这样的话,就要把它们整理得井井有条;如果你把简历给了某个人托他递交,或是某个人暗示他可能会安排一个面试,那么在他们的名片上做好标记。等候 5 天,然后给每一位当面拿到或是通过邮局收到你简历的人打电话;如果没有什么情况,一个月之后再联系一次。

**592.** 保持昂扬的求职面貌。招聘经理和人力资源部代表接到许许多多的电话,其中的大部分都被他们视为打扰。你也许会注意到,唯一立即回复你电话的人是销售人员。以他们为榜样,回复电话要迅及;培养这种能力:接听电话或是打电话时让人听起来快快乐乐的。人们喜欢跟精神抖擞的人谈话,因为这能让他们振作起来。

**593.** 不要让他们对你的谈话失去兴趣。说明你的身份,打电话的原因,以及你的目的。不要因为你觉得为自己的目的而提要求很不礼貌而闪烁其词。要开门见山。

**594.** 在你打电话的时候,如果你还不确定自己想要什么,向对方讲述你的两难状况,请他们指导一下。大多数人在你向他们求助时,心里是很受用的。

**595.** 寻找公司内部的推荐人。大多数公司有多名招聘经理,进入公司的途径也有多种方法。一位招聘经理或许会知道另一个部门的空缺。不要不好意思,要问一问:"我还可以联系公司里别的什么人吗?"

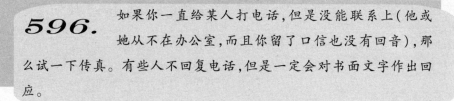

**596.** 如果你一直给某人打电话,但是没能联系上(他或她从不在办公室,而且你留了口信也没有回音),那么试一下传真。有些人不回复电话,但是一定会对书面文字作出回应。

**597.** 当你最终焦头烂额、无计可施时,就求助于电子邮件。你留过信息了,在零零碎碎的时间里也打过电话了(早上 8 点之前,吃午饭的时候,下午 5 点以后)。许多忙碌的主管人员,尽管会忽略其他类型的通讯,但是会回复电子邮件。他们欣赏这样的方式,可以在方便的时间阅读,点击一下即可回复(并且没有喋喋不休的会谈)。

**598.** 多管齐下。通过电话、传真以及电子邮件来跟人力资源部的代表交流。看一下哪一种有效。大多数人有自己偏爱的交流方式,只是你必须要找出这种方式是什么。问一问接待人员,"联系(×)女士的最好方式是什么? 她比较喜欢用电子邮件吗?"

**599.** 筹划一下,下一次用传真来联系。如果你留下几次信息都没有回应,那么发个传真可能会催着公司代表行动起来。

**600.** 计划好通过电子邮件再次联系。在你留了一两通电话留言之后,随后跟上封电子邮件。

**601.** 顺便登门拜访一下。如果你感兴趣的公司就在附近,那就考虑一下当面交上简历。询问你能否跟某部门的某某人讲话,或是找一下人力资源部的某某人。

**602.** 为后续工作制订一个进度表。大部分招聘经理都太忙碌了,没有办法回复你的第一通、第二通甚至第三通电话。凭经验来估计,销售中要经过 7 次联系才能完成一次交易,因此,你要经过 7 次联系才能获得面试,这是很有可能的。每一个电话、传真以及电子邮件,都会起作用。

**603.** 没法确保有人会看你的简历,这一点你要明白。但是你的后续工作要坚持不懈,并且要有数量上的保证。

**604.** 如果你是应征网络上的招聘或是报纸上的广告招聘,除非是在1~3周之后你收到了对方的回信,对你的简历作出肯定答复,不然的话,如果你什么都没收到,那机会就已然比较渺茫了,虽然这并不理所当然地意味着你已经被否决了。不过,有些公司给人们答复需要几个月的时间——关于作出答复的时间并没有固定的规则。

**605.** 记住公司里的简历铺天盖地,这意味着,没有消息可能会是好消息。

**606.** 如果你是对网络上的招聘信息作出回应,那么,当你接到这样的电脑生成的通告时,不要惊讶:"感谢您投递简历,我们会在网络空间里将您的简历分类归档,并且会在晚些时候跟您电话联系。"——当然,你也可能什么东西也收不到,永远都收不到。

**607.** 不要因遭到拒绝而心怀不满。你并不是能够胜任每一项工作,而且并不是每一份工作都适合你。另外,工作表述只是包含了要求条件的概要情况,以吸引大家来投递简历,其实概要背后有一整套优先考虑的要求,这些要求会剔除投递来的大部分简历。

**608.** 在曲折多变的求职过程中,你要会与你喜欢的人交谈,也要会与你不喜欢的人交谈,但是,你要自始至终地振作起最佳职业状态,对所有人、在所有时刻,恭恭敬敬。你们会不会在另一个工作场所再次碰到一起,这些都是很难说的。如果某接待人员或是招聘经理待你不和善,那么，只要假设他那天过得十分糟糕，对待工作有些消极懈怠就好了。

**609.** 从招聘经理的视角来看待这份工作和公司的情况。在求职的过程中，要体会别人的感受。问问自己："我会聘用谁来做这份工作？如果是我在为这个职位招聘，我会要求什么条件？"当你跟招聘经理谈话的时候，如果能采用这个视角，你可能会赢得更高的评价。

**610.** 不要执迷于一份工作中。你或许会一下子迷上某一特定的招聘职位公告。甚至在你获得面试之前，你就认定这份工作就是你的。你调查该公司，一遍又一遍地阅读工作招聘，并且还想象你干着这份活，坐在办公室里，花着拿到的薪水。这些先入为主的想法毫无用处。因为工作机会而心情激动是可以的，但是不要将乐观情绪转化成做白日梦。

**611.** 不要因为你的面试不错就停止察看状况、打电话、发传真以及发送电子邮件。别老瞅着你接受新工作的那一天。并且，即使有了新工作，还要跟你的关系网保持联系，以便在需要帮忙的时候，仍然可以得到帮助。

**612.** 要明白这一点：你也许会很快得到否定的回复，或者对于你所递交的简历，你将永远听不到任何言语。

# 第十八章
## 了解招聘经理和猎头们
## 所厌烦的事情

招聘人员和招聘经理经常对简历的某些问题厌烦不已,因为他们整天处理这些经常引起误解的交流。每一份看似奇怪的简历背后都有内容。继续看以下建议,而且不要犯类似的错误。

**613.** 避免写得太好而让人觉得不可信。一位招聘人员回绝了一位不是一般优秀而是非常优秀的候选人。她在自己的简历上写着:以优异的成绩毕业于某大学。招聘人员决定查看一下她的成绩,结果发现她没有这么好的成绩,而且该大学并不存在。

**614.** 不要设法欺骗你的猎头。一位招聘人员讲到这样一位工作候选人:他的简历上注明获得休斯敦大学的学位,但是当这位招聘人员打电话到学校去确认学位情况时,却得知根本没有这个人的纪录。联系的时候,该候选人声称:"啊,我是从另一个学院毕业的,是市区分部。"仍然没有记录。再一次见面的时候,该候选人则伪造了一封信作为学位证明,信笺的上方印有"休斯敦大学"的字样。但是招聘人员识别出是伪造的,因为"college"这个词拼错了。

**615.** 特别注意因为时间不详引起的疑问。招聘人员见到许多这样的简历:上边列有候选人毕业的大学及所学的专业,但是没有入学日期。他们会认为该职位候选人是许多年之前毕业的,想要隐瞒自己岁数比较大这个事实,或者该候选人根本就是肄业生。如果你年纪比较大,使用这种办法的话就必须做好准备,找出准确的时间,以备背景调查。如果你没有列日期是因为你的学位本来就是虚构的,那么重新考虑一下是否要做一个骗子。为什么不做真实的自己呢?

**616.** 了解传言的威力。一位招聘人员想起曾有位女士声称自己在阿拉巴马州伯明翰市的一所学校取得学位。"我以前住在那里。"她说。但是这所学校的名字听起来并不耳熟,经调查得知那是一家磨坊。这个故事告诉我们:如果你是从一家函授机构获得学位,那么要提醒你的招聘者,那样的话,他会向你的准老板解释清楚。

**617.** 不要在申请里或者简历中撒谎,因为招聘人员及招聘经理们对弄虚作假的痛恨远远超过其他情况。一旦他们发现并确定你只是个麻烦人物,他们就会毫不置疑地否决你。

**618.** 要计划得当。一位猎头通知某人因为自己的好简历而获得了工作。在那之后公司安排了一次突击检查。因为周末参加了聚会,这个人没能通过突击检查,付出的代价就是失去了工作。

**619.** 在正确的时间使用正确的词。在你书写简历的时候,注意发音类似的词。一旦你用了别字,你那无懈可击的简历就变得有懈可击了。小心谨慎地写,小心谨慎地检查,并且请朋友来检查一下。在你完成简历后,把它放上 24 小时。当你再次拿起简历的时候,你就可以用全新的眼光来审视它,并且能够发现失误之处。

**620.** 求职简历不要有涉及宗教、政治或者是性别的额外事宜。

**621.** 把能够证明你的能力的专业技术列到简历上。如果你是一位作家,同时又在国际商业沟通协会任职,不妨一提。如果你是一位执业会计师,曾就职于某一国家机构,比如加利福尼亚州执业会计师协会,列上这一内容会对你有帮助。如果你曾经为斯坦福大学的高尔夫球队效力,并且击球水平一向高于普通人,那你就会引起面试者的兴趣。凯文·维克姆是一家大型能源公司的税务会计师,他获得了面试机会是因为他曾经担任科罗拉多州的滑雪教练。这条信息抓住了面试者的眼球,而凯文·维克姆则因此得到了一份不动产税务会计师的工作。面试者确定凯文·维克姆的对外交流技能不错(作为一名滑雪教练),对不动产税务价值谈判所需要的讨价还价技术非常有帮助。

亚历克斯·罗伊,曾经是学院里的举重冠军,他把这件事作为背景列到了简历上,而这帮助他获得了应聘工程师的面试机会。招聘经理因为这件事记住了他,认为亚历克斯·罗伊的运动员经历表明他是个有干劲有活力的人。

**622.** 避免消极内容,招聘经理和招聘人员对此深恶痛绝。宣传自己和自身的经历,不管是当面还是书面进行,都要产生积极效果。如果你工作的部门因为财政困难而倒闭,那么不要这么说:"由于财政上的管理不善,导致部门倒闭。"尽管这是事实,但是那么说会让你显得很不忠诚。应该说:"因为工作的部门倒闭了,所以我没有了工作。"

**623.** 使用正确的时态,不要把招聘经理给弄迷糊了。如果你目前正在某一家公司上班,那么陈述工作情况的时候要用现在时态。比如:"在准入、注册、课程指导、课程调换以及资金支援方面,正为学生提供帮助。"当你提到的是过去的工作时,要使用过去时态。比如:"曾经负责处理虫害和维护方面的问题,并且适时对居民们的不满作出答复。监管过地面保洁员和家政人员的工作。"

**624.** 如果你的简历中有拼错了的单词,那就等着猎头的斥责吧。简历反映你的技能和经历,也反映出你对待细节问题的态度和追求产品质量的愿望。你的简历就是你的"产品"。养成检查拼写的习惯,让这个工具成为你的"朋友"。

**625.** 不要跑题。如果招聘经理对公司变故(你的上一份工作)的了解,比你的了解还要多的话,他们会对此深恶痛绝。你的前任老板已经被出卖过无数次了吗?跟上变化的潮流,并且要在你的简历中体现出来。如果你曾经在一家银行工作,而它现在已经改名为美国银行,那么在简历中,你就要写美国银行。如果你没有使用公司的现用名称,别人就会觉得你的简历落伍了。为了确保百分之百地正确,把公司的现用名称和你在那里工作时的名称一起写上。

**626.** 不要使用那些陈词滥调。猎头们看了恶心,招聘经理们会视而不见。下面就是一部分他们不想见到的套话:什么都愿意干;您所见过的最卖力的员工;身体棒,壮如牛,坚如钉,韧如熊。不要把珍贵的词语浪费在这些自吹自擂上。

**627.** 避免过度使用惯常用语。人力资源处最有名气的老套用语就是"初生牛犊,自觉自愿,工作勤奋,态度积极,团队协作"。这些话没有任何含义。初入行水平(初生牛犊),往往指的是刚刚大学毕业的人,而且正在找工作,很明显这件事经不起一提再提。其他的描述太主观化了,聪明的话,不如把获得的成绩列上,来证明一下你是个工作卖力的人或是积极主动的员工。

**628.** 不要显得无厘头。看你的简历的人是招聘经理、人力资源专家,或者是招聘人员。他们只在简历上面花个几十秒,快速浏览一下,来了解你的情况。这个过程相当迅速,如果看简历的人在这几十秒钟内没有对你留下印象,那么你的简历就寿终正寝了。

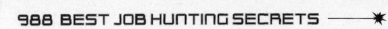

**629.** 千万注意不要过火！你用的专业术语可能太多了。不要打算用专业术语来迷糊简历的读者，以炫耀自己有多么厉害。而是要使用简单明了、符合常识的方式来交流技术和经验。

**630.** 要表现出不同寻常之处。招聘人员和招聘经理不想让你用专业言论来迷惑他们。同样的道理，也不要过于追求简历内容的正确，以至于没人能搞清楚你到底在说什么。模糊不清帮不上你的忙。不要让简历像是从书上的简历模板抄下来的，也不要只是把描述工作的句子堆积起来，要把细节内容写上。

**631.** 不要把简历做得太专业，那样读者会不明白你做过什么事情。这与简历流于常俗的做法相比是另一个极端。如果你的简历高度专业、高度细致，另一位跟你有着相同技能、相同教育背景的读者会解释给大家听，但是，如果人力资源部门没有这样的人怎么办？你可以为听取报告的人准备一份技术含量高的简历版本。但是要想到，你的简历首先要经过招聘人员、人力资源专家以及许多其他人，他们可能没有拿到你准备的简历，也可能没有把你的简历交给能给你提供饭碗的部门经理。

**632.** 修改莫名其妙的职位名称。有的时候，大型公司会设置一些跟现实世界少有类似或是没有相同之处的职位名称。使用这样的名称，招聘经理、人力资源专家以及招聘人员并不能了解你干过什么工作。简历是你人生经历的概要。如果职位名称让人看不懂，你的简历可能会因为这个显而易见的原因被扔到一边。比如，你以前的职位名称是"职员B"，那谁会知道你为那家公司做什么？职员B可能在本行业内意义重大，但是需要你留下好印象的不是行业里的那些人。怎么解决这个问题？按照你真正从事的工作修改简历上的职位名称——比如"员工审计员"。

**633.** 为了明白起见，可以替换职位名称，但是要记住：你的证明人可能不会认可新的名称。比如：你最后一份工作是"助手"，但是因为是在简历上，你就把它改成了"首席执行官及董事会成员秘书"。如果公司想要向证明人核实,并且要求列个名单,那么,你就要解释一下你为了能够更方便地说明自己实际从事的工作而把名称进行了"转化"。不过,要等到有人要求证明时再解释。

**634.** 不要使用法律文书上用的超小号字,这会激怒猎头们。"我们不止一次碰到这种情况:候选人绝对是把所有东西都填到简历上了,包括从出生到现在的所有情况。"一位招聘人员说道。"为了把简历缩到一张纸或是两张纸上,他们使用的是小 6 号字。这样读起来很困难,许多招聘经理的眼睛可不够好使,看不清这么小的字。"

**635.** 不要用不加留白的大篇文字来麻痹招聘人员和招聘经理。你的简历不应该让人看起来像是书籍或是杂志中的一页纸。

**636.** 记住,招聘人员和招聘经理真的不喜欢长篇大论。页数繁多的简历说明应聘者对商界缺乏认识。医药、学术或是公务简历是例外,可以写得长一些。

**637.** 你要明白,如果你使用功能简历来掩盖不讨人喜欢的工作历史,那么有头脑的招聘经理就会注意到这一点。人力资源专家、招聘经理以及招聘人员并不喜欢功能简历,因为他们认为这样做是企图掩盖跳槽或是入狱的事实。所以,除非你有过一长串老板、受过监禁,或是你在尝试改变一下职业生涯,不然的话,就按照从后往前的时间顺序来做简历。

**638.** 猎头们能辨别出掺水分的简历,这是肯定的。为了获得你并不能胜任的工作而夸大简历上的内容,这可不是明智之举。"许多年来,我们收到了这样一些候选人的简历:我们经过调查发现,他们为了得到更好的工作——这项工作是他们自身的背景条件所不允许的,而夸大了自身的工作经历。他们这样做也就能维持一个月左右,"一名资深招聘人员说到,"不要做这样的事情。是什么样就什么样,不要在简历里掺水分。"

**639.** 避免简历上日期缺失或重叠。招聘人员不喜欢没有日期纪录的简历，因为他可不想被迫猜测申请人在何时在何地工作过。没有日期的功能简历是招聘人员和招聘经理最不喜欢的了(根本不可能说明申请人何时何地干过什么)。如今,公司收到的简历有如潮涌,查看这些简历要耗费大量的时间,可想而知,招聘经理肯定不乐意对着你的简历苦苦思索。

**640.** 如果你用电子邮件发送的简历带有病毒,那你就成了最令人反感的职位候选人。做一名电脑空间里的良好公民,记住给你的计算机安上杀毒软件。杀毒软件并不贵,但能够帮你在通过网络接收或者发送附件的时候免除诸多麻烦。发送或者接收文件时带有病毒,这对你的求职以及接收方的工作来说,有弊无利。另外,记得要每星期更新你的杀毒软件。还要考虑设置防火墙来保护你的电子文档。

**641.** 要记得面试的时候随身携带简历。如果面试的时候你忘了带简历,这样可是会惹怒他们——招聘经理、招聘人员以及人力资源专家们。这让每个人都不得不慢下来。而且,在手上没有简历而必须填写申请表的时候,你的记忆力确实要经受考验。另外,如果你没有简历,在回答有关前雇主的问题时,面试者的耐心就要受到挑战了。解决的方法很简单:不管你是不是认为给你面试的人已经有了一份简历,每次面试的时候你都要带上。

**642.** 按照应聘的规定行事,招聘人员很看重这点。现在是网络时代,你可以在自己的电脑上舒舒服服地填完申请表,但是许多公司却希望你能到公司里去,当场填写申请表。他们可能是想看看你填完这张申请表需要用多长时间,填的时候有多整齐多完全,你看起来有多感兴趣,以及你能否按照规定来填写。有些时候,现场填写申请表只是标准操作过程中的一步;而其他时候,公司可能是在通过考察字体来评价应聘者。不过,不管公司的动机是什么,都要按照规定来填写申请表。一定要记住,最后的法律用语表示你说的必须属实;在表格上签名,意味着你证明自己填到申请表上的内容属实。如果人家发现你弄虚作假,会立即开除你。

# 第十九章
# 处理与简历有关的问题

如果想寻找解决特殊情况的方法,那么看看下面列举的解决办法。

**643.** 公司代表给你打电话了,但是你很清楚他并没有阅读你的简历,那样的话,如何回应才合适? 嗯,不要说:"你怎么搞的? 我知道你根本没有看我的简历!"而是要回答他的提问。

**644.** 你给招聘经理打过电话了,但是对方没有回音,你可以设法继续打电话,但是不要留口信,也不要每隔几天留一次信息。在有任何消息之前不要留 3 次以上的言。超过 3 次就会被当成找上门的麻烦人物。

**645.** 每次你在送出简历后打电话询问,公司代表都发誓说他从来就没收到你的简历——这样的事情很寻常。这可能意味着公司没有收到简历,某个人弄丢了或者简历已经被投进了垃圾箱。只要提出再送上一份简历就行了,送了之后再跟上个电话询问一下。千万不要用电话对人力资源部门狂轰滥炸。

**646.** 担心招聘经理会如何看待你简历上的临时工作,那就要做好准备,做出解释。或许你是被炒鱿鱼了,或许你就是喜欢干短期工。不管哪种情况,解释一下这份临时工作延续了较长时间的原因,但是不要试着让它看起来像是全职工作。清楚明了地陈述你做临时工的时间,以及由此获得的技能和经历。把其潜在的优势发挥出来。临时工作赋予你多种多样的实用技能,使你见识了不同的行业,你可以利用这一点。

**647.** 你可以在简历中陈述多年以来的临时工作的经历,但不要过长。你可以把每一份临时工作介绍得头头是道,就跟全职工作一样,但是如果你每个月都有一份新的临时工作,那你的简历可能要很长了。最好只是提一下精华部分——包括那些经历最珍贵、级别最高的临时工作。谈一下使你获得进步的工作。

**648.** 关于被辞退的时间问题,如何在简历上措辞?尽管不要在简历上提及此事。如果面试你的人向你发难("我听说你被前一任老板炒鱿鱼了——是真的吗?"),那么你就诚实作答。不要以此为耻,只需实事求是。

**649.** 如何处理转为全职的临时工作?先是临时工,其后被公司聘为全职工——不要延长简历上的任期。要把做临时工的时间和做全职工的时间区分开来。

**650.** 你是否在不同的地方从事一系列类似的工作?在简历中巧妙地安排这些工作变动,使得你的职业生涯看起来具有某些连贯性。试一下对从事的岗位进行归类。

**651.** 如何表述公司被收购这件事?如果该公司 5 年内有过多个名称是因为多次被出售,那下面的内容就是你在简历上解决这种情况的办法:内布拉斯加州,林肯市,林肯第一国家银行,1997 年至今(即之前的林肯第一储蓄银行,林肯储蓄机构,内布拉斯加储蓄所)。

**652.** 五年内换了八份工作？我们可要猜想你是个不安分的人了。写简历的时候要避免把别人的注意力引到这个事实上。如果这些工作相似或者它们的功效相似,那就把它们放到一起列为一组。如果你很频繁地改换工作,要简短属实地解释一下换工作的原因(不要诋毁你的雇主)。

**653.** 过去的 5 年内没有工作？在最后一份工作和空白档之间加上一句解释。

**654.** 担心自己的面试技巧？学习如何像一位获胜者一样去参加面试,那么当你的简历给你带来面试机会时,你就会跃跃欲试了。(参见第二十八章)询问关于公司、部门和职位的情况,让公司代表看到你对这三样都很了解。将简历作为指导,以此帮助你阐释你有能力为公司谋福利这件事。

**655.** 害怕你的前任老板会给出可怜兮兮的证明？不要害怕,问一问老板,如果他被问及你这名前雇员的情况,根据以往表现,他会如何评价——仔细听好他的回答。如果在你询问前任老板打算如何评价你的时候,他对该问题躲躲闪闪,语焉不详,那么找朋友装成雇主来核对一下。提供的问题范例要使你们的伪装核实来得容易些:

该候选人在贵公司任职的确切时间是什么时候？

该候选人的头衔/职位是什么？他/她离职时的报酬是多少？他/她原来的职责是什么？

据您所知,该候选人离开贵公司的原因是什么？

该候选人的出勤情况如何？

您会如何描述该候选人的工作习惯？

**656.** 因为没人看你的文件夹而大失所望？如果你是在摄影、设计、建筑、广告、新闻业，或是公众关系领域工作，你可能会很渴望向某人展示你文件夹中的内容。大概除了以实物形式存在的文件夹，你在网络上还有一份。不幸的是，很少雇主甘愿察看文件夹。书画艺术是例外。除非你的文件夹能够吸引公司中的某个人，不然的话，你肯定不会被聘用。如果你真的找到了一位肯察看你文件夹的招聘经理，而他可能要求你把文件夹留下，好让别的职员也能够细读一下，那么这就意味着你需要再准备一个文件夹了。你可能再也见不到这个文件夹了，这种情况很常见。

**657.** 因为公司要被接管而准备一份新的简历。你的公司是被接管的候选对象，据说最大的收购方，为了使账面平衡看起来好些，要大刀阔斧地进行裁员。那样的话，你应该把旧简历拿出来，以此为指导开始忙活。使用以往的评价和工作表述，概括出基本情况：公司、地址、日期，并且把成绩、责任和义务加上。

**658.** 你从没有过自己喜欢的工作——想要掩盖这个事实？做一份能掩藏你对工作的不称意的简历。列出你履行的职责。考虑一下你在职期间完成的事情——你所做的用来帮助各家公司节约时间、节约资本，或是赢得利润的事情。

**659.** 想写一份成就驱动型简历？如果你的目标是要得到一份有良好发展机会且报酬不错的工作，那么你就要向未来的老板展示你如何能够增加公司的价值；有你这样的职员加盟，如何会使他的日子更好过。所谓成就驱动型简历就是在简历中列举你做过的杰出工作，并使之成为简历的焦点。

**660.** 想知道你的陈述是否够分量？下面的两种情况，哪种更有可能带来面试？"按时间顺序操作应收款项。"或者"每周通过回顾、调查以及对可得账目的定时沟通，将应收款项的现金增加20%，即120000美元。"说到这儿应该够明白的了。

**661.** 担心你的老板发现你在另谋高就？99%的时候没人真正在乎谁在发送简历——直到公司决定对该候选人进行面试。你的朋友无处不在，无处不有。然而，许多专业领域都是个小圈子，人们会互相交谈。你的老板会发现你在找其他工作机会，因此，如果你不想冒这个险，就不要滥发简历。无论如何，一定要做好联络人际关系的活动以及嘴上的保密工作。（见第二十章）不要使用你工作单位的网络来发送简历；许多公司检查经由他们的系统收入、发出的电子邮件（这是他们的财产，他们有权察看经由公司系统收发的任何电子邮件）。找另外的地方来发送电子邮件简历。大多数公用图书馆以及部分咖啡店提供网络服务，或者找个朋友帮忙，在他家上网发送。

**662.** 如何描述遭遇败北的前任老板呢？最重要的是，当你描述自身的技能和经验时，要让对方清楚你工作的部门并不是导致公司倒闭的那个部门。

如果这是一家你工作了许多年的公司，那么要强调工作经历，而不要捍卫这家公司。绝对不要批判前任老板；招聘经理会很容易想到，自己的公司就是受你讥讽的下一个目标。

**663.** 想知道如何处理分属不同行业的工作？因为这一类简历可能会把人弄糊涂，所以要使用功能型简历。将你的技能和经历归为不同的行业类型，或是按照功能区域分类。要把简历做得尽可能简单，以方便读者了解你的背景。

**664.** 你应当透露复职时间吗？你的简历就是要推销你自己，你的技能、你的职业道德以及你所带来益处是其重要内容。你不必非得解释以往的药物问题或是酗酒问题，除非这是造成你工作历史上大段空白的原因。如果这样的话，你可以说明是由于"小病一桩，已不碍事"，或是由于休假。其他同样不适合写到简历中的内容是：无家可归，跟同事和老板有冲突，火灾意外，慢性疾病，信用问题，单身生活的打算，私生子，诉讼案件。

**665.** 担心某些雇主会因为你是自谋职业而产生疑虑？如果你给自己打了5年甚至5年以上的工，聘用方可能会怀疑你的背景以及资格。有时候，在你实际上拥有自己的小本生意，或是给别人做合同工时，他们会很不公平地将你独立完成的工作打个折扣。你学习产品本身或者产品服务，也学习金融、会计、经营、管理、租赁及其他方面的经营企业所需要的技能。不管如何，作为一名曾经的商人或是自我聘用者，你必须应对这样的挑战：通过介绍可量化的成就向未来的聘用方介绍自己的独特经历，而不是仅仅罗列担负的职责。

**666.** 担心你用来旅游的时间？曾经有一段时间，休两年的假去环球旅行是件受到职业限制的举动，但是今天，这已经不是必然问题了。大多数雇佣者都具备全球视角。他们认识到每一份工作都是暂时性的，生命短暂，应当过得丰富多彩。在面试当中，你可以告诉公司代表定期休假的原因。比如，你被解聘时获得了一大笔离职补助金，这给了你用以旅行的时间和金钱。在简历中阐述你环球旅行的收获；将"提高了文化敏感度"、"提高了法语的流利程度"作为新技能列到简历上。

**667.** 如何处理改变决定的问题？我们假设你给一家公司发送了简历，因为没有任何回音，所以你接受了另一家公司提供的工作。两周之后,你收到了第一家公司的电话,你被应聘了。如果你非常非常想要第一家公司的工作,那么你要看看它提供的情况,决定哪一份工作对你来说更有利,并且尽快行动起来。对你接受供职的公司开诚布公,表示你最深切的歉意。你甚至可以补充说,如果将来事实证明你的选择是错误的,希望该公司仍然向你敞开大门。

**668.** 因为准备搬家而另外求职?换工作就够困难的了,换城市就更困难了。公司首先考虑合格的当地候选人员。此外,招聘经理想要知道你搬家其实很好的理由。比如,你在石油一天然气行业工作,那么搬到得克萨斯州是很合理的。如果你的父母住在西雅图市,那么你搬到那里也不是不寻常的事情。但是,如果你搬家没有什么真正的原因,人力资源部主管就会想,是不是你想应征某个地方的空缺职位,而你现在就是为了这份工作搬家。情绪化的理由一般无法让招聘经理满意:"想换一下环境。希望改进一下自身的状态。寻找可以托付终身的公司。"

**669.** 想修改简历以便找到海外的工作?把那些能使你的经历看起来国际化的内容加上。如果你曾经有国际性的实习活动,国际性工作或是项目,或者在国外工作过、旅行过,那么把它们写到简历中。如果你懂某种外语,那就把这项技能列上。

**670.** 如果你读过的大学现在已经撤销,你可能会担心如何说起这事儿。面试当中,你可以解释一下,你就读过的学校已经倒闭,但是不要把这项内容填到简历中。没必要做出捍卫的样子,或是说些贬低的话,只需要回答提出的问题,谈论上学时学到的东西。

**671.** 想打种族牌?尽管从政治上看,这样不太合适,不应当提倡,但是有时候,你可以将少数民族的身份当作你的优势。有些公司在招聘时,会硬性规定聘用一定数额的少数民族员工。因为许多公司要保持内部阶层多样性,那么,当你应征大型企业的工作时,可以把说明种族隶属的活动列到简历上(比如"西班牙学生会主席")。

# 第二十章

# 秘密求职，谨慎行事

　　因为大多数人都是在任职期间寻找其他工作，所以大部分求职都是保密的。不过，你可以为了保证求职的隐蔽性而采取相应措施。有时候，你在秘密求职这件事情会让忙碌的招聘经理一时疏忽。他可能急于找到合适人选，而忘了直接打电话给你会给你惹麻烦，除非你明明白白地说明你要换工作。下面有些方法能够使你平心静气地面对求职活动。

**672.** 不要觉得告诉老板你要另寻他职是件很为难的事情。大家都知道，找到了下一份工作再辞职才是明智之举。

**673.** 不要把找工作的事情告诉原工作单位的任何人，但是一定要拿出简历来。

**674.** 不要不停地担心你的主管会发现你在找工作，主管们都知道大部分雇员要给自己找出路。很少有公司会仅仅因为你在找工作而炒你鱿鱼——除非是你的主管正打算着无论如何也要除掉你；那样的话，这正好给了他早你一步下手的好理由。

**675.** 寄送求职简历的时候,要在求职信上注明保密要求。开篇的时候提出保密的要求,结束的时候还可以再提醒一次。你之所以要重申保密的必要性,是因为阅读简历的人非常繁忙,因而可能需要你温和地提醒一下。

**676.** 在简历中要说明,应当把你的现任老板视为保密对象。如果你不想人力资源部门的人员联系你现在的老板,就在那份工作的后面注明"保密"字样。大多数有远见的雇主知道他们不应当跟仍在原单位工作的雇员联系,但是别把任何事情都想当然了。指明此次求职需要保密,不希望他们对此置之不理而去联系你现在的老板。

**677.** 改换姓名以确保保密性。如果你不想让现在的老板知道你在找工作,或者不想让以后的老板认出你的名字来,那么就把简历上的名字换一下。使用绰号或曾用名。如果得到面试机会,你要立即向面试者解释清楚。

**678.** 有时可以通过发送匿名简历来实现保密工作。这意味着你的简历上不能有姓名。在大多数网络招聘栏里,你可以张贴不带姓名的简历,那么,为什么不用同样的方法来发送高度保密的简历呢? 省略姓名和地址,只包含一个能联系到你的电子邮件地址或是手机号码。不要使用包含你姓名的电子邮件地址,只要从免费的电子邮箱服务系统中额外申请一个邮箱,专用于秘密进行的求职活动就行了。

**679.** 不要把现任老板的姓名写到简历上。为了确保将来的雇主不会联系你现在的老板,简历中的公司名称一概省略掉。可以描述一下所属产业及其规模情况,比如:四大公共会计事务所之一,主要能源公司,地区性杂志,大型建模代理,小型别针生产商,或是主要银行控股企业之子公司。

**680.** 使用你的家庭联系方式：电话、电子邮件或者语音邮件。如果你要设法掩盖找工作的事，就不要使用单位的电话号码。想一想，如果你正跟招聘经理在电话上聊着，突然老板或是一个好管闲事的同事经过，无意中听到了你们的谈话，那会多么尴尬啊。

**681.** 早上上班之前或是下班之后打电话联系跟找工作有关的事情。工作中间休息时或是午饭时用自己的手机联系对方，询问求职的情况。保持求职隐蔽的最好方式就是在工作地点之外进行求职相关活动。

**682.** 记住，即使你除了工作使用的电子邮箱之外还有一个邮箱，如果你在工作单位使用这个邮件地址来收发邮件，那么公司的服务器也会记录下这个举动，这样你就等于接受详细审查了。要知道公司拥有服务器，具有监视进出电子邮件的权利。通过工作单位的服务器进出的信息，没有隐私可言。

如果你家里没有上网，也要设法使用别的办法来走上信息高速路，避免使用单位的电子邮件来找工作。大部分公共图书馆和咖啡馆都有网络服务，或者你可以到朋友那里上网。

**683.** 不要利用上班时间来找新的工作。在公司支付你酬劳的时间内找其他的工作是不道德的。应当利用午餐时间来回复电话。也可以这样做：你为了找工作花费了工作上的时间，为了对现在工作的公司做出补偿，你要记录好自己耽误了多少时间，并且把这时间补偿回来。如果上班时间你不得不打电话，那就集中处理掉；一大早，午餐时间，或是迟暮时分。那样的话，你就可以干更多的活，而不用停下工作来找工作。

**684.** 直到你处于安全地带再让别人知道你找工作的事。等到你获得另一份工作机会时，再向现任老板递交一份事务性信函，告知自己将于某个日期离职，将你找工作的秘密透露给他。至少提前两个星期通知对方，如果可能的话更早一些更好，尤其是你担任的工作负有主要职责，找到合适的替代人比较困难，那就更应该提前通知了。

**685.** 秘密网罗关系，让你的简历流通起来。尽管秘密网罗关系听起来像是自相矛盾，但是事实上，网罗关系并不一定意味着要拉上个热气球，在上面贴上你的姓名和电话号码。你可以谨慎小心地结交关系网。参加那些能够提供机会的交际聚会，在那里你可以接触在你的目标公司工作的人。不要把你的简历分发给每一个你见到的人。拿到他们的名片，之后打电话说明能跟他们见面很高兴，并且告诉他们你正在秘密求职，想要把简历通过电子邮箱发给他们。

**686.** 提醒介绍人，你找工作这件事是要保密的。

**687.** 为了保密，分发简历的时候不要提到证明人。你不妨向公司代表讲明你的求职是高度机密的事情，你没办法在获得供职之前轻易提供证明人。你要补充一点，如果招聘经理决定提供工作而你也接受了的话，你会很乐意提供绝佳的证明。你理解供不供职有赖于成功的后续工作（向证明人核实），这一点让对方放心。

**688.** 记住你找工作的事情很有可能被别人发现。尽管如此，如果你的老板缺乏幽默感，发现你在另觅高枝后要解雇你，那么赶紧走人，这样还能给你更多激励让你行动起来，去找更好的工作。

**689.** 如果你认为新的工作机会即将到来,那么就准备好辞职书,不过,要在家里写(不要在单位写,那里可能会有人在你背后偷看)。在获得职位之后,你可以接受供职,并设定开始工作的时间,然后准备辞职。写信把事情直白地告诉老板:你要辞职,你打算把工作安排得井井有条,你留在这里的最后期限是自通知之日起的两周或三周。跟老板约见一次,既礼貌又及时地向他说明你的意图。基本上,就是把你信上所写的内容重复一遍;不要长篇大论地解释。你谈的越多,就越有可能说出某些你并不打算说的内容,这就给了主管拿住不利于你的把柄的机会,一定要抵制住诱惑。不要只是把一封"再见了,我要离开"的信塞到老板的门缝里,面对面见一次。即使你痛恨这个地方,迫不及待地要离开,也一定要谦恭有礼。对许多以后需要证明人,或是想要返回之前供职公司的人来说,"不要过河拆桥"这句老话还是很正确的。

**690.** 当你秘密求职带来好消息时,还要为可能出现的挽留"议价"做好准备。你走进老板的办公室去告诉他你要辞职。你的老板可能会说"愿你在新的工作中能有好运气",或者是"你要怎么样才会留下来",或者是"如果我们给你加10%的薪水,你愿意留下来吗"如果你碰到了反提议,你可能会想为什么交了辞职书就这样了呢? 或许眼前马上要有个大项目,你的老板想要你留下来只是要你帮忙干完这个项目? 据统计显示,90%的接受了挽留提议的人,六个月后都不在原公司工作了。他们自己主动离开,或者是公司"帮助"他们离开。所以,如果你决定接受留下的提议的话,就要谨慎一些了,因为,这往往只是双方短期的安排。

**691.** 尽管你已经辞职了，仍然要卖力工作。令人反感的"一只脚已迈出门"的毛病会让你此后很难获得这个老板对你的推荐。通知了两周后会离开，你可能觉得自己就像个学年年终时候的学生，脑子里想的都是假期。但是别把工作弄得乱七八糟的就离开，这一点很重要。你的老板和同事能记住你的，大部分是你开始工作和结束工作时的样子。让他们微笑着送你离开。你永远都不知道自己什么时候会想回来工作。众多雇员确实又返回了原单位，但是老板们不会再次聘用那些离职前把工作干得马马虎虎，聊以敷衍的人。

**692.** 你的老板有可能听到关于你在散发简历的风声，你要为此做好准备。当然，你随时可以否认，并且谴责盗取你简历情报的人，这可能会有作用。但是不到最后一步不要这样做，因为这样做就错误地把指责施加到了某一无辜者身上。最好还是承认了，说明有份工作出现在你身边，好奇心驱使你"窥探"了一下。如果你是看了广告之后发送简历，那么这只是一个无伤大雅的小谎言；要不是广告诱惑了你，你怎么会送上简历的呢？对吧？

**693.** 大多数拿到简历的招聘人员会为此保密，这一点你可以放心。每次把简历送给某个人，比如雇主、朋友、有社交关系的熟人，或者是招聘人员，你的机会自然就多一次。但是大部分人都很忙，没时间陪你谈论你和你的求职。招聘人员通过帮助人们找到工作来获得收入，不是断人仕途（如果他们公布了顾客的姓名，那么他们的买卖也做不长久了）。尽管如此，在寄送简历给招聘人员时，告诉他们你的求职需要保密，一定要强调这一点。

**694.** 记住,把简历发送给匿名广告机构要冒很大的风险。登招聘广告的公司可能就是你所在的公司!如果你应聘的是匿名广告中的工作,那就用匿名简历;删掉姓名,使用手机号码或匿名的电子邮箱地址。

**695.** 当你是按照公司网站上的招聘布告来应聘时,你会知道公司的名称,不过在简历上隐藏姓名也是可以的。按照公司列的地址发送电子邮件,在之后的五天内查出你可以联系的人的名字。

**696.** 谈论找工作的事情时,顺带提及你求职的事情有多"隐私"。你可以利用社会关系来散播你正在找工作的消息,广纳意见,而且交给某人一份"绝密"简历(或是用电子邮件发送),请求他把简历转给可能有用的人。询问对方是否更喜欢用电子邮件发送简历,这种方式容易转递。强调这件事情需要保密,着重说明为了保持行动的隐蔽性,你只在简历上留下了有限的联系信息。

**697.** 制作求职名片,以保证求职的隐蔽性。制作名片时要简易、谨慎。如果你有很明确的求职目标,就把想要的工作、行业放到名片上;如果你的求职方向比较广泛,那就省略这项内容。

**698.** 如果你跟另一家公司面谈的地方,正是你当前公司的所在地,那么不要亮出简历来。如果面试必须是现场的,那你就要若无其事地走进电梯间或是楼层,仿佛你就是在这儿工作的人。如果你看起来很内疚心虚,对偶尔碰见你的人来说,你的动机显而易见。参加面试没有过错,也不是罪大恶极,你只是跟某人谈论一下换一份新工作的可能性。

另一个选项就是要求在该建筑外面见面。如果那样行不通,就告诉面试者,如果可能的话你更希望坐到面试室里,而不是在大厅见面——在那里经过的熟人看见你,就会问:"你在干什么呢?"

**699.** 不要三年来头一次穿着西装上班,这无疑在叫嚣"我要去面试";也不要偏偏在上班的地方完成简历的最后润色。更明智的办法是请一天假,而不是穿着绝非你平日行头的、面试才会穿的衣服上班,这会让你的意图广为人知。

**700.** 提醒公司(面试过程中)你是在秘密求职。要求招聘经理在你得到供职机会后再跟你现在的老板联系,并且指出你给当下工作标注了"保密"字样,以此来提醒对方。

**701.** 谈论现任老板的时候要低调,绝对不要在简历上或是面试中提及不好的内容(跟现任老板或是前任老板有关的)。这会让你的经历和背景受到指摘。为什么你在一个如此垃圾的地方干了五年?如果管理如此糟糕,那为什么你还要待下去? 即使是老板不断地朝你吼叫,冬天调低取暖器,夏天调高空调,你跟另一个公司的招聘经理说这些对你也没有好处。称赞以前的老板们,希望他们也能这样对你。

**702.** 处理那些面试的问题时要合乎道德规范。理想的情况是:专门利用假期时间来处理所有整日的面试。你大可以编出自己一大堆跟牙医、大夫的约见,还有家里的丧事等等,这不容易被人发现。离开的时候,你希望前任老板能够赞赏你,想要你再回来工作,那就尽量在一大早、午餐时候,或是傍晚的时候,安排面试事宜。那样的话,你可以尽可能少地耽误工作。

**703.** 确信你没有把简历放在办公地点的桌子上,因为最有可能把你在求职这件事泄漏出去的人,正是你自己。差不多99%的时候,老板都是这样发现的。每次出娄子都是源自虚妄的自信。当然了,如果你期待找到工作,那么想要秘密求职就是件困难的事。

**704.** 只把简历交给那些你确信他们能够保密的人。你当然不必过分疑神疑鬼,以为每个人都在谈论你,谈论你找工作的事情。但是一定要提醒他们要为你的求职保密。

**705.** 如果你在尝试着换个行业,那么就要密切关注你广泛分发的简历。倘若你是在尝试改换行业,要想保证求职信息不外泄,尤其困难。因为你要联络的范围,远比只在原行业内换工作的人要广泛得多。一定要与大量的人交谈,让他们知道你的求职是秘密进行的。但是,除非对方提出来要你的简历,否则就不要分发简历。将你的职业转型道路拓平的,往往不是简历,而是你的相关活动。而且,你散发到周围的简历越少,你求职的确凿证据就越少。

# 第二十一章
# 求职信的写作

　　简历的前面应当有一封打印整洁、措辞适宜的求职信，突出你作为该职位候选人的实力。令人满意的求职信是求职中十分重要的方面，也是给人留下第一印象的良机。大多数情况下，人们只是匆匆忙忙地弄好求职信，心思花得不够。好的求职信需要措辞恰当，行文流畅，它是体现你的技能和经历的直接武器。

　　将自己作为公司出色的一分子来推销。这值得你花时间来打一两份草稿，直至做出引人注目的内容来。有时候招聘经理看简历时，根本不会瞄一眼求职信。而有些时候，招聘经理会在细读简历之前先看看求职信，这就意味着求职信的重要性——能够显示出你有别于其他雇员的品质。没有人知道你带什么样的东西来应聘会比你现在做得要好，所以，抓住每一个机会来重申：我的技术和品质非常优秀。求职信，为你能够顺畅地开始求职之旅添砖加瓦。

**706.** 在求职信的第一句话中阐明，为什么你是该空缺的绝佳选择。要一语中的。这可是你这封信最吸引人的"钓钩"。

**707.** 如果你自知写作不是自己的强项,那就不要过分偏离首页的写作模式。在你为了使自己的技能适合工作需要而改变开篇的语句时,要请别人查看一下你添加的内容,确保它们清晰、切题,跟求职信的其他部分在语气和写作风格上保持一致。

**708.** 寄送针对工作要求而写的封页,你获得面试的几率就会增加200%左右。

**709.** 把封页做好做足,这是一种绝好的方法。这种方法使你有别于其他竞争对手。这会激励你去创作非同一般的信件。

**710.** 在封页中要表现得保守一些。不要把自己描述成搞笑人物、办公室里的丑角,或是办公室里的"清新空气",无论自己多么"非同寻常"。大多数招聘经理都认为不可冒险。除非你是在应聘主持人或是电视工作者的工作,否则你的"非同寻常"肯定不会被接受的。

**711.** 求职信要保持一张纸的长度,既不要更长也不要更短。你不会仅仅因为话多或是辞藻华丽就会给招聘经理留下印象。

**712.** 要显示出你对这份工作的热爱之情,但不要口若悬河。当然也不要沉默寡言,要说出你多么希望能够为这家公司效力;你觉得这份工作多么适合你;你知道自己一定能做得多么出色。

**713.** 让招聘经理明白,对于正在讨论的工作而言,你是绝对称职的。对于一个有着良好稳定的工作历史,以及响当当的职业道德的合格候选人来说,不用多费口舌。这听起来像是个杰出人才,招聘经理会仔细查看你的简历。

**714.** 如果你曾经跟招聘经理谈过,那就在封页中提到你跟他的谈话。说明因为对方的要求,你才送上了简历——这会把你的简历放进"被要求"的文件堆,而不是普通文件堆。

**715.** 不要在封页里谈及个人的身体健康状况。如果面试的时候出现这个问题,那你可以谈论一下。没人打算在封页或是简历中读到你的个人生活、身体健康的细节。实际上,你需要陈述健康状况的唯一原因是:它影响到你从事该工作的能力,或者你需要特别的装备。

**716.** 不断地复查你的封页。每次按照工作需求修改封页后,你都要让别人替你再阅读一遍,以确保你没有带入新的错误。仅仅因为第一回合的时候有人校对过就觉得可以了?不,这并不意味着经过几轮的修改或是几轮的信息添加之后,这份封页还是正确无误的。

**717.** 要保持细节一致。遇到信内地址时(你的地址及公司的地址),要使用邮政系统的缩写形式。你要给人留下这样一种印象:你是近几年来一直在工作的人。一位女士在电话面试中说自己对"团队协作"这个词并不熟悉,而扼杀了自己的工作机会。对面试她的人而言,那样说就等于亮起了红灯:"守旧。跟不上发展潮流。可能精力也不好。"这当然是不公平的推测,不过简历和面试就是种第一印象的事情。这就是为什么你应该为每一种情况做好准备的原因。每一种情况下,未来的老板都有可能对"你是个普通人还是名准雇员"这个问题做出结论。招聘经理们的工作就是做出裁决,他们就是靠这个养活自己。

**718.** 留足页边距(大约 2.5 厘米),使用左对齐的样式(右边不需对齐),让你的求职信看起来更专业。段落内部用单倍行距,段落之间用双倍行距。让求职信跟简历保持相似。

**719.** 在你提到一家公司的时候,确保要用"它",而不是"它们"。一家公司是一个单数名词、一个事物,所以不应该称为"它们"。求职信范例:"我的努力使某公司的市场份额有所增加,公司盈利提高了20%。作为广告联合部的主管,我使得公司在社会上的形象有所改善。"

**720.** 求职信中要使用主动语态,不要使用被动语态。比如:某公司三次授予我"月度最佳员工"的荣誉称号。而不是:我先后三次被某公司授予"月度最佳员工"的荣誉称号。

**721.** 句子结构要对称统一:"我负责项目的执行以及新的活动计划。"而不是:"我负责项目的执行,而且还要去计划新的活动。"

**722.** 语言要简洁。"我想用自己的技能为公司谋福利。"而不是:"我想要运用我的技能以实现给公司带来巨大的利益。"

**723.** 完成求职信后,删除啰唆的语句。删除诸如这样的表达:"以一种及时的方式完成工作。"你可以说"按时完成工作"或是"能在最后期限前完成工作"。在可以说"有规则地"的时候,为什么要说"在一个有规则的基础上"? 或者是,在可以用"请"的时候,为什么要说"如果你能够⋯⋯的话,我会非常感激"?

**724.** 记住,求职信是种一次性事物。某份工作吸引了你,你按照它的要求列表来设计求职信。不要把听起来很一般的信函寄给招聘经理,因为他们会注意到这一点。而这样的信不能促使他们给你打电话要求面试。

**725.** 可以用求职信来解释工作空白阶段("黑洞")的原因。如果你们谈到了空职时期,不要为此辩解。你可以充分利用你在这段时期的活动。比如,你请了一年的假,先是修行沉思,继而去了非洲远征,那么谈论一下你获得的技能:自我实现能力,旅行组织能力以及旅行写作能力。你也可以下定决心,避免谈到工作历史中的这一部分。

**726.** 如果是国际通用简历,就要查明招聘经理是否倾向于手写的求职信。国际简历偶尔就是这种情况。向公司代表核实一下,查明公司在这方面的政策。手写求职信是一种正在销声匿迹的外国传统。另一方面,建在其他国家的公司经常向你索取照片、出生日期、婚姻状况等私人信息,而这些信息,美国公司依法是不能向雇员索取的。

**727.** 如果求职信要加到国际简历中,一定要在信中解释跳槽到另一家公司工作的原因。这是招聘经理脑子里会出现的、合乎逻辑的问题,所以你要提前做出回答。例外的情况是:如果你是为了躲避如狼似虎的债权人而出国,或者因为你受到审查而出国,或者因为其他某些同样让准老板难以接受的原因——那就不用在求职信中解释了。如果想跳槽的原因是四处走走,那么强调自己曾经有过长时间工作的阶段(你可不想被看作短期工)。

**728.** 如果没有学位,就谈谈自己学到的技能,收获的"生活经验",以及在工作中得到的现实生活教育。

**729.** 如果应征自己技术领域内的不同区域的工作,那么准备适合不同工作的求职信。比如,你想找教育行业的工作,而且什么工作都准备接受,那就准备一份用于教师助理工作的求职信、一份用于办公室工作的求职信,还有一份用于代课教师的求职信。花时间做好各种"对口"求职信,在你被某一工作所吸引、需要第二天发送求职信的时候,它们就派上用场了。

**730.** 求职信中要包含关键词（有关关键词的内容见第二十四章和第二十五章），因为要让尽可能多的公司从网络搜索中看到你的求职信和简历。

**731.** 调查公司的情况，你就会明白公司的需求，就可以在求职信中以此为参考了（上网查找相关信息）。

**732.** 谈论过去取得的成就，来证明你非常适合该工作。招聘经理或是猎头会很仔细地研究这部分内容，所以你在表述过往成绩的时候一定注意措辞得当。

**733.** 突出你能使公司受益的那部分内容。阐述要明确、有针对性，而不是泛泛而谈，能适用于任何公司的任何工作。

**734.** 记住，招聘经理是在用读报纸广告的方式来读你的简历——他想知道，"你能为我做什么？"他想确切知道你能带来什么技术、什么才能以及什么品质，他可不想猜测这些事情。

**735.** 要在求职信的末尾提出面试请求，并且说明你会尽早打电话确认公司是否收到了简历。最后，留下电话号码。

**736.** 检查求职信，减少"我"的使用。确信你把大部分注意力放到了公司上，而不是放在你获得供职后将会如何受益。

**737.** 有些事情可能会阻碍招聘经理给你面试机会。对于这类事情，不要辩解。

**738.** 不要抱怨。没有人想在求职信、简历、面试或是工作中听你的满腹牢骚。如果别人问"还好吗？"这并不是鼓励你说一大堆的身体不好或是出了问题之类的烦事。

**739.** 不要在求职信中提及离职的原因，或是迫不及待想走人的原因。不管什么情况，最好不要谈到这个话题。如果面试中被问到，你可以说一下离职的原因——只要不是因为你痛恨老板。那样就等于把面试搞砸。

**740.** 不要用公司的纸张来写求职信。你很快就要离开这家公司了，而这些纸张带着公司的信头。许多公司将信纸视为公司财产，如果你用了，那么你这么做意味着什么呢？

**741.** 使用的语言既不要矫揉造作也不要陈旧落后，既不要过于通俗也不要太新潮。介于它们之间就好了。用语讲究技巧，把握好分寸，点到为止。

**742.** 如果你了解有关公司的正面信息，那就别犹豫，立即提出来表示赞赏。比如："贵公司因为特别注重员工的需要而声名卓著，这正是吸引我的地方。""贵公司通过发明日间护理用具——这一先进方式来解决上班族母亲们的需要，我对此印象深刻。"

**743.** 别忘了努力按照能够拓平道路以获得面试的方式来制作求职信。信中的最后一句话，要表现得胸有成竹、积极乐观。不要说："你会打算面试我吗？"因为这会让聘用者想："嗯，大概我不会这么打算。"应该说"我会非常期待跟您交谈"或是"看了我的简历您会面试我的,我很有信心"。你相信招聘经理看过求职信和简历后会安排面试,那就把你的自信表达出来。表现得积极乐观,你会一无所失;表现得犹豫自卑,你就会失去一切。

**744.** 不要忘记向阅读你简历和求职信的人表示感谢。类似的话比较不错:"感谢您花时间看我的简历,也感谢您考虑我。"

# 第二十二章
# 打起精神来

看部搞笑的电影,骑骑自行车,散散步。你没完没了的求职快把朋友和家人逼疯了。只要是不会把他们逼疯的事,就做吧。如果你失眠、失业,那么每天早上告诉自己:"我会找到工作的。我会用八小时制的工作日来找工作。我会保持我的幽默感,相信我的祈祷会灵验。"

痛恨你现在的工作,还是根本就没有工作?哪一样都不是好玩的。要是你还有租金、抵押金、车款、信用卡等要付,那就更艰难了。不过谁不是这样呢?把简历发送出去之后,你觉得整个城市都被你的名字覆盖了,不过你确实可以做些事情让你的生活更轻松些。

下面这些建议也许对你有益。

**745.** 告诉自己,自己的背景非常适合,会收到录用电话的。你做简历的时候很用心,你以它为骄傲。你的简历展示了你的技能,很有说服力。要把这些记在脑子里。

**746.** 不要担心自己的简历会被压到文件堆下面,好的简历总会来到最上面的。如果你觉得自己还没有把简历做到最好,或者你对自己的简历有疑问,但是已经发出去了,那么利用你等候答复的时间来修改一下。

**747.** 等待消息的同时,把注意力放到跟其他雇主的联系上。想想不同寻常的找工作的办法。范例之一是:找到相关领域的老板列表,给他们每一位都发送个性化求职信和简历。告诉他们你所具备的才能,以及当出现工作空缺时要考虑你的原因。一位女士在甚至没有职位空缺的时候给某杂志编辑寄送简历,并借此闯入了杂志界。在她出色的求职信中,"杂志编辑必备"里列出了她相信自己对杂志社事业有用、要求考虑自己的原因(良好的编辑技巧,雄厚的英语背景,杰出的职业道德)。6个月以后,她收到了主编的来信:"请致电协商面试事宜。我们可能有适合你的工作。"如果她没有在尚无职位空缺的时候就吸引了编辑的注意力,那杂志社就会展开面试大战,查阅成百上千份候选人的简历。正如事实所示,她让他们"一见倾心"。

**748.** 在等待面试的时候广结关系。不要死守本领域,排斥其他行业。人们相识满天下,你绝不会知道什么时候你的理发师会邂逅某个顾客,而他正需要你的技能。记住,人们总是把所有事情都告诉他们的理发师、按摩师,还有私人教练——他们是最好的关系圈。

**749.** 不要忽视俱乐部、饭店等公共场所的口耳相传。把你在找工作的消息散播出去,拜托大家在听到某些信息时想起你来。

**750.** 记住:尽管你很重视简历能出现在老板的桌子上,但是对于老板那繁忙的日常生活来说,这件事没有什么优先权。

**751.** 如果你看到广告中的一份工作,跟你以前的工作职责没有什么关系,但是很吸引你,那么不要被简历绊住脚。坐下来,开始写。总有办法让你曾在其他工作中应用的技能交叉到不同的工作中,即使是在不同的领域,照样可以让你得心应手。你只需要创造性地思考这一点:

如何将自己的技能应用到全新的、不同的工作中。

**752.** 认真考虑一下重新换份工作来扩展自己的工作机遇。对某些人而言,这听起来像是极端的求职,但是人们一直四处奔波,为的就是找到更好的职位。考虑考虑,即使换工作是你最后的选择。

**753.** 在等消息的时候开始一项锻炼活动,或是参加某个健身俱乐部。在你坐下来忙活求职事宜之前,要么散个步,要么每天早上跑跑步。

**754.** 考虑改变形象。有时候人们得不到聘用只是简单的形象问题。你可能是简历堆里有记录的最聪明的、最有能力的候选人,但是当他们要求你进去面试时,你的形象却将事情搞砸了。设法找到一位实话实说的朋友或者亲戚,问他们这个问题:为了面试的时候给招聘方留下最好的印象,我需要改进服饰、发型或者妆容吗?让朋友或者亲戚畅所欲言,凭借这些方法你就可以在面试日期来临之前达到最佳状态。

**755.** 招聘经理浏览你的简历时会发生什么事?不要对此进行预想。"如果那个人有一半的脑子,他就会把我排到候选人的第一位!""不管别人跟我说什么,我就是要留着自己的八字胡!""我喜欢自己的文身。面试的时候我才不会穿个长袖的衣服来盖住它呢。"有个性很好,但是在面对工作竞争的时候,要现实一些。你可能不知道面试你的人是什么类型的(保守落后型?古里古怪型?友好和蔼型?敢于冒险型?),所以,为什么不谨慎行事呢?确保自己没有处于对方的对立面。我们都知道有些人不喜欢文身,可能那些聘你的老板就是这种人。为什么不在完全确信反传统(或反既有秩序)能够帮助你获得工作时,再夸耀出来?大部分工作岗位需要一定程度的守传统、守规矩,通常包括着装规矩。让参加面试的招聘经理知道,你愿意成为一名与人协作、遵守规定的员工。

**756.** 别忘了,如果发出去的简历并没有带来想要的工作,还有其他选择。你可以在当前工作中承担新的职责,那样就能为你进入公司的其他部门或者担任不同种类的工作职位开辟道路。你可以改变职业。可以与现在的工作类型相同,但要找一家升职机会更好、薪水更高的公司。

**757.** 训练积极的自我对话:"找一份更吸引我的工作,这想法不错,可以提供一个更受赏识或者更被容纳的环境。我对找到这样一份工作的期待是建立在事实基础上的。如果我做到了一个求职者所应做的恰当的事,那我就会找到自己想要的工作。"

**758.** 努力提高自己在曾经畏惧的领域中的能力。公开演讲就是一个很好的例子。对于演讲的恐惧阻碍了许多人的事业发展,战胜这种恐惧,将为你获得新的工作打开成功之门。所以审视一下你的工作情况,确定学习如何在众人面前开口对你是否有益,或者花些时间努力培养其他技能,比方说使自己成为一个高技术含量的职员。当你决定提高某项技能时,仔细考虑一下其中的难度。具有对成功的渴望,掌握通向成功的工具,那么你的一只脚已经迈进了成功之门。

**759.** 努力克服对面试的恐惧。面对一场即将到来、意义重大的面试感到紧张是完全正常的,但是你可以采取一些措施来缓解这种情绪。本章中介绍的方法或许对你有用。

**760.** 立志使下一次工作经历成为最棒的。如果你过去的工作经历根本没有引起别人的注意,或许是因为你犯了这样一个错误:

在大家共同的工作场所中表现得过于"低调"。如果你的上司和部门人员仅仅知道有你这么个人,那么公司就不会认为你有很大的价值。因此,你的离开就不会引起任何波动,不是吗?你有责任来确保自己被视为一名关键职员;老板不会介意任何人离职,除了你,抱着这样的想法从事下一份工作(或当前工作)——你将发挥重大的作用:树立正确的工作态度,提高个人的基本能力,与同事建立融洽的关系,每天坚持上班,让所有的人都知道你是一名可协作的、随和的、热情的职员。这样一来,如果你再决定离开,别人就会惋惜,将你的离去视为一种遗憾。

**761.** 等待面试期间,把精力放在当前工作或者继续求职上。拟订工作方案,主动去做本职以外的事情,向需要帮助的人伸出援助之手。然后把你这些活动中最新最重要的信息添加到简历中去,从而使自己不断得到成长。

**762.** 缓解厌烦的工作带给你的压力。看一看社会现实吧。假如工作环境不够理想,或者老板是一个难以容忍的恶魔,你感到伤心、沮丧、气愤是十分正常的。让你的家人来分担你的焦虑,而不是让同事倾听你的挫折。自问一下:如果得不到其他工作,最糟糕的情况会是怎样呢?答案是:你不会死,不会发疯,甚至不会被开除。

**763.** 考虑保留现有的工作。避免与老板或同事发生口角,而且承认这样一个事实:尽管这的确是一份棘手的工作,但过去你已经克服了种种困难,现在你也会保留这份工作。如果的确受不了,以至于在手上没有其他工作时也想辞职,那么再考虑一下。再三考虑之后,你实在痛苦而又别无选择,那就优雅地离开,毫不犹豫地带着你的简历去开始新的一天。

**764.** 保持技艺的精湛。不断努力学习对工作有用的东西。

**765.** 不要把跳槽看成罪恶,要把它看成每个人在一定时期都会去做的事情,而且要提醒自己,大部分人都是在克服重重障碍之后才能找到工作的。你与其他成千上万的人处境相同,所以尽量放松一点。

**766.** 把求职经历写入日记。你可以把日记写得悲伤、有趣、满怀希望、无聊荒谬,一切想写的都可以记下来。这是治愈心灵疲惫的绝佳方案,而日记会永不厌倦地听你诉说。另外还有一个附加的好处,那就是有可能从中获得灵感、动力,或者对于新的工作创意有所启示。

**767.** 要做好准备去面对会发生的状况。谣言在公司内不胫而走之后,接踵而来的就是解雇。你所要做的不仅仅是投出简历,还要做出计划——第一步,第二步,第三步。考虑换一个过去一直梦想的职业——或许一项爱好就是你的热情所在。不要放弃白天的工作(你需要支付各种账单),但是你可以去上夜校,从而在你希望进入的领域接受培训或者取得证书。有些人正在从事你从未涉足的工作,跟他们在网上沟通一下,看是否有你感兴趣的内容。重新组织你的求职计划:当人们问你是否害怕被炒鱿鱼时,告诉他们:"一点也不,因为我把这视为人生中激动人心的时刻。我在努力去做我一直想做的事情。"

**768.** 允许自己偶尔消沉一下,但是给你的顾影自怜加一个时间限制。把自由时间(在被解雇之后)花在找工作上。

**769.** 专注于精神世界。这样做能帮助很多人更好地渡过他们的艰难时期。当生活变得寂寥无趣时,求助于你的精神堡垒,去寻找一个安静平和的思想状态,带你走过暴风骤雨。

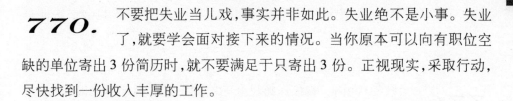

**770.** 不要把失业当儿戏,事实并非如此。失业绝不是小事。失业了,就要学会面对接下来的情况。当你原本可以向有职位空缺的单位寄出 3 份简历时,就不要满足于只寄出 3 份。正视现实,采取行动,尽快找到一份收入丰厚的工作。

**771.** 重新规划人生蓝图。决定希望在未来两年内实现怎样的人生,然后做出为之努力的计划。

**772.** 不要总是消极地认为自己是经济萧条的牺牲品,是求职大战的受害者。要意识到在你身上所发生的一切必须由你自己来负责(无论如何在某种程度上是这样的),要抱有过上如意富足生活的期望。从容微笑,开怀大笑,寻找摆脱困境、处理问题的办法,这一切将会让你感觉充满活力、生机勃勃。

**773.** 不要向逃避的诱惑低头。变成一个隐士不会对你有任何帮助。处于人群之中几乎会让你时刻精神振奋,当我们忙于找工作的时候,人际交往会使大多数人感到更加充满希望。

**774.** 设想自己将在求职竞争中胜出。想象你将如何参加面试,如何给招聘经理留下深刻的印象,以及如何得到一份工作。信心和能力将会使你在竞争中脱颖而出。赋予自己控制事态进展的力量。

**775.** 闭上眼睛,放松一下,做个深呼吸。想象自己处于一个异常宁静的环境中,置身其中,享受这种静谧。把自己视为一个处变不惊、不受羁绊的人，即使背后承受着种种担忧与压力，这种人也会很快拥有一份不错的工作。

***776.*** 只要有可能，就该保持良好的信用记录。当你求职的时候，一个糟糕的债务记录会产生不良影响，因为有些雇主会提出查看你的信用等级(有些会秘密查看)。假如他们发现你已经积累了大量信用卡债务而无法支付，那么很有可能对你不予考虑。

# 第二十三章
# 寻求专业写作援助

你或许做过世界上所有的工作,但是,你依然会发现自己的简历无法给人留下深刻印象。不要担心——如果你自己做不到这一点,还有很多选择。在准备简历时,你可以寻求外援。事实上,如果你遇到以下几个问题,你的确应该这么做:

* 一提写东西就受不了。

* 非常确定自己的写作水平很糟糕。

* 没有可以帮忙阅读简历并进行指正的朋友。

* 没有时间写一份全新的简历。

* 想知道你写出的简历是否能够最大限度地体现技能和经历,从而带来一份最棒的工作。

* 已经把现有的简历发出去数月之久,但是没有带来面试的机会。(一定有什么问题!)

* 以前从未写过简历。

* 有一个带有风险性的工作历史,"需要特殊帮助"。

* 工作对你来说还是个挑战,你只有很少的工作经验,价值不大。

* 在完成了对孩子的抚养义务,厌倦了海滨旅游或者过够了退休生活之后想重新进入职场。任何使你脱离市场主流的东西都是寻求他人帮助的原因,只有通过这些帮助你才能回到这个不断发展的世界。在短短 5 年或者 10 年的时间里,许多事情都发生了变化。

当然,你在寻求写作援助时不能忘记以下几点技巧。

**777.** 要知道你要为这种服务付钱,而这是值得的。有些公司坚信由他们写出的简历一定会有成效,所以他们会做出承诺,假如在你发出新简历之后 30 天内没有接到面试通知,那么该公司会免费为你重新编写或者设计一份简历。

**778.** 从求职顾问或招聘人员那里打听专业简历写手的姓名。

**779.** 如果你认识在公司从事人事工作的人,那就让他给你介绍一位简历写手。

**780.** 可以查看你们的大学生中心海报栏或学校简讯,那上面通常会有为准备简历提供各种服务的列表。有些大学生就业指导办公室会向毕业生提供价格十分低廉的简历写作服务。

**781.** 问一下你的朋友可否介绍一些简历写手。

**782.** 尝试利用简历模板向导(如 Microsoft Word 提供的此类模版)来亲自制作简历。

**783.** 找一位善于写作的朋友或亲戚,问问他们是否能够帮你写出优秀的简历。

**784.** 雇用一位从事文职工作的人来为你写一份新简历。这样的话,你一般只会得到对简历的文字处理服务,而不是全方位的服务。同样,你只能拥有一份书面简历,而你或许同时需要简历的电子版。

**785.** 从网上雇用一名专业的简历写手。

**786.** 不要以为简历写手拥有某种证书就意味着你将拥有一份完美的简历。看几篇范本,仔细地研究一下,然后基于他的实际工作成果来做决定。你或许会找到一个优秀的简历写手,而他从来没有获得过什么证书,因为他已经完成了很多这样的工作,而且做起来得心应手。

**787.** 求助于简历制作公司。有些公司提供全面的简历写作援助,包括求职指导、招聘启事、简历写作窍门以及写作方法等。

**788.** 到商务用品店购买一份用来准备简历的模板。商务用品店里有专门的简历制作模板,如果你对自己要写什么以及如何去写有一个大致的想法,这个模板会很有用的。

**789.** 准备好关于工作经历的材料,然后把它拿给专业的简历写手。不要让他来决定什么重要,什么不重要。突出说明简历中需要强调的条目,并征求一下他的意见。

**790.** 假如雇用简历写手,要看看他是否了解你想要从事的工作类型,以及如何证明你能够胜任。

**791.** 弄清楚该简历公司是否受理信用卡支付,这是表明其业务是否正规的一个重要标志。

**792.** 注意一下简历写手或公司的基本性质。如果所有的人似乎都没有兴趣通过与你交谈来了解你的事情,那么你应该能觉察到这里面有问题。

**793.** 当简历写手给你看样本时,要仔细查看简历是否清晰、专业,并检查一下外观,包括纸张、印刷和图样。总体的外观感觉应当是活泼、简洁、清爽。

**794.** 当简历写手给你展示那些用大幅面纸张印刷的精装简历时，不要被他迷惑。招聘经理并不想看到这样的简历，为什么要多花这种钱呢？事实上，这反而会招致大多数招聘经理的反感。

**795.** 当心那些奇特的做法。简历写手或许会说她可以提供特别的内容，并向你推销一些具有吸引力的附加功能。但是假如招聘经理在打开信封看到一份用华丽图案和感叹号装饰的简历而没有感到有趣时，你就有麻烦了。

**796.** 问清简历制作公司的业务开展了多久（越久越好）。去当地的工商部门查询一下，看有没有关于你正在考虑雇用的简历公司的投诉记录。

**797.** 弄清楚这家简历制作公司，看与他们的首次谈话是否是免费的。当你仅仅是想了解他们能为你做些什么时，应该是不收钱的。但是不要奢望在这次简短的咨询过程中，把你的所有工作经历都讲清楚。你可以提前进行一次面谈或电话交流来做个咨询，但是不要超过 10 分钟。

**798.** 填写简历制作公司要求填的表格，同时提出与写手见面，否则你得到的将只是一份样板简历，没有太大用处。

**799.** 务必见到写手本人，而不是办公室经理。因为你希望的是与写手达成默契。一个不接待你或者不能与你进行良好沟通的写手往往无法在简历中传达你的信息。

**800.** 向简历写手询问他曾经做过多少份简历，而不是他们公司做过多少。

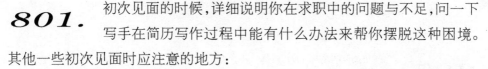

**801.** 初次见面的时候,详细说明你在求职中的问题与不足,问一下写手在简历写作过程中能有什么办法来帮你摆脱这种困境。其他一些初次见面时应注意的地方:

\* 询问写手你的简历中是否存在那些能够让公司搜索软件捕捉到的关键词。

\* 询问写手是否能够为你准备一份方便网上投递的电子简历。

\* 告诉写手你的长处以及在以前的工作中这些长处是如何得到认可的(即奖励、赞扬、加薪、晋升)。

\* 提供给写手一些素材。介绍一些使你与众不同的工作经历以及能帮你成为一名优秀工作人选的亮点。

**802.** 告诉写手要保证给你写一些实质性的内容。说明你想要的简历要能够推销你,而不只是美化你。

**803.** 要求净价算钱(简历并不是越长越好,所以你应该不想按照页数来付钱吧)。还要问一下其他的收费情况。询问简历完成之后对其修改需要多少钱。如果两个月内你回来要求对简历稍作改动,那费用会是多少。还有,假如你需要额外的简历复印件,该人员或公司又是怎么收费的。

**804.** 利用与简历写手见面的机会找出他或她了解而你自己不了解的东西。

**805.** 在签字或付款之前,一定要看一下简历样本(除非他是你非常了解和信任的专业写手)。

**806.** 如果你雇用一个公司或写手来制作简历,搞清楚协议内容:是否需要你对终稿的认可? 只提供一份简历复印件,还是10

份？如果在一定时间内该简历没有为你带来成效，是否免费修改？

**807.** 假如你拿到简历后发现它十分令你失望，事情会怎样呢？假如你发现一个"专业写手"写出的简历中满是语法和排印错误，你又该怎么做？如何保证简历中不出现这些错误？

**808.** 提醒那位专业写手不要过于炫耀，更不要把你的简历夸张到连你自己都不认识他所描述的求职者是谁的程度，这样与你的形象相去太远。有些简历写手过于热心，尤其是当求职者在工作经历、教育或技能方面比较匮乏的时候。这时要清楚地告诉写手你并不想伪装。

**809.** 假如有些内容你无法确定是否应该写入简历，让写手来敲定。例如，你有几年当竞技小丑的经历，或许认为这有利于你成为一名时装表演的主持人，然而简历写手则会认为一双大大的鞋子和一个红红的假鼻子会使你可笑而不是可爱。在这种情况下，听取专家的意见，他会比你更加客观地看待你的工作经历。

# 第二十四章

# 电子简历的利弊

　　求职者往往要面对纷繁复杂的世界,而因特网是帮助他们跨过这一关的上佳选择。这种新工具的优势在于可以通过网络扩大求职可能性。仅仅 10 年以前,这还是一种不同寻常的求职方法,但是今天,因特网已经是那些没工作和想跳槽的人的重要信息来源。

　　现在很多公司依靠网络技术来审阅简历,有的通常会要你把简历电邮给他们,以便仔细阅读。假如面对公司索要电子简历的要求,你不知如何回复,那么你的名字很有可能早早地就被从名单上划掉了。

　　总之,我们已经不需要把简历简化成纯文本文件,就可以将其在计算机之间传递。现在的简历可以变得既便携又美观。因为许多用人单位从网上浏览简历,所以你有可能引起他们的注意,甚至会在不知不觉中加入到求职竞争中去。

　　下面介绍一些关于制作电子简历的窍门及其利弊。

**810.** 　要记住大部分大中型公司都是利用计算机来处理简历的,因为这样更高效、准确、快捷,并且具有竞争优势。

**811.** 　遵守投递电子简历的相关协议。网上投递简历有其特有的协议,遵守其规则以便获得最大成效。当协议说明以 ASCII 或者纯文本格式发布简历时,请确保你的简历是以这些方式投递的。( ASCII 是"美国标准信息交换码"的简称。)如果要求你以 Word 或 WordPerfect 文档投递简历,请按照要求去做。如果要求你把简历粘贴到不同的板块,那么就利用 ASCII 或纯文本格式以获得最佳效果。

**812.** 要了解公司和企业怎么看待电子简历。从公司的角度来看,青睐电子简历的一个关键因素是由于它们可以比较容易检索和保存。试想一下:招聘经理无需拿起电话,只要查看一下公司的邮箱或者稍动一下手指就能轻松地从电脑桌面上看到你的简历。另外,把简历储存到文件夹或数据库里也是很容易的,招聘经理可以随时查阅。

**813.** 了解一些相关常识:用计算机存档简历时,通常是通过扫描仪或光学识别系统来进行的。必须保证你的简历打印清晰易于计算机识别。

**814.** 如果招聘经理要你交电子简历,不要与之争辩其好坏。要知道她显然会说好处大于坏处。对这个问题的争论不会给你带来任何益处,相反会使你在面试之前就让人感觉特别麻烦。

**815.** 假如用人单位要你电邮一份简历,即使你不知如何去发(电邮)也要欣然答应,然后再去学着把事情做好。

**816.** 假如用人单位告诉你:"寄给我们一份可扫描的书面简历或是电子简历,怎样都可以。"那么还是发一份电子简历吧。

**817.** 要考虑到有些公司不会打开以附件形式发送的简历。很多用人单位为了防止病毒,根本不会打开附件。同时,由于网络服务提供商与计算机平台或软件之间有可能无法兼容,你可能无法以附件形式发送简历。为了安全起见,并便于公司优先选择,在电子邮件的首页上,复制粘贴你的简历。

**818.** 理解什么是电子简历。电子简历是可以在计算机上使用,通过网络投递,并且能够在硬盘或其他电脑磁盘上保存的一种简历。用人单位使用搜索引擎就能搜到你的电子简历(电子文档),并且能够通过其中的关键词来查找到它。也可以打印出来(变成书面简历)。

**819.** 一个公司从它的网站上,通过在线职业中心以及通过电子邮件都可以获得电子简历,而书面简历则是通过计算机上的扫描仪存储到公司数据库中的。当别人把你的简历人工输入到公司数据库时,录入人员会对其中的一些材料加以调整。

**820.** 不要使一些模糊简历中的出色之处模糊不清。当你制作电子简历时,有的公司会要求压缩,但你需要保证它准确无误、完美无缺。

**821.** 了解简历的关键词检索次序,在准备电子简历时始终牢记在心。如果简历是通过扫描仪审阅的,那么公司里会有人来指定计算机需要检索的关键词或短语。然后根据关键词在简历中出现的频率和位置判定其与公司要求的匹配程度,再按照此程度将所有简历进行排序。

**822.** 要明白使用关键词意味着展示自己的锋芒。如果你使用"营销"一词,你就必须想到用人单位会认为你曾有营销经历。他们会认为你知道如何去开展新业务,如何去介绍新产品,如何顺利地与人接近,以及如何讨好、应对、迎合顾客。

**823.** 准备电子简历的时候,想象一下公司正在对几百甚至几千份简历做关键词搜索,以期找到一个他们需要的有经验的应聘者。

**824.** 使用电子简历的一个极大优势是易于对其进行迅速反应。当你看到一个吸引你的招聘广告时,在网上发电子简历显然要比打印一份简历,写好信封,再贴上邮票快得多。把你的简历发到网上只需敲几下键盘,几秒钟的时间就能轻松完成。

**825.** 不要忘记电子简历使用过程中的保密问题。要记住,当你向某个电话号码发传真的时候,你并不知道谁会看到你的简历。你的简历有可能被留在传真机上长达一个小时之久,那么本楼层的每个人或许都会看到。但是当你把简历发到一个电子邮箱地址时,则很可能被直接存到文件夹或数据库里,这样就能防止一些员工甚至整个公司的人无意中看到你的简历。

**826.** 享受电子简历的另一大优势——省钱。通过网络发送简历,除了节省时间和精力,也不用花一分钱。如果邮递简历,你还得花钱去买文件纸,配上一个信封,还有一枚邮票。

**827.** 电子简历能使你对劳务部门提供的职业信息迅速作出回复。劳务部门在网上发布招聘广告时,希望你以电子邮件的形式做出回复的概率高达90%。

**828.** 登录想要应聘的公司网站,查看一下该公司的招聘经理是否受理电子简历。你还有可能在该网站上看到传真号码和邮政地址。如今,几乎所有的用人单位都倾向于利用网络,他们经常在网上发布信息。

**829.** 使用电子简历与网上的劳务中介取得联系。同劳务部门及某些公司一样,劳务中介更希望你在线投递简历。这种电子版的简历更便于储存和检索。

**830.** 了解电子简历的负面影响。由于投递电子简历十分便捷、经济,因此网上的招聘广告会吸引更多的人。这样一来,这些公司和网站将收到大量的回信与简历,要想在众多应征者当中脱颖而出就很困难。

**831.** 时刻牢记你需要在激烈的竞争中求胜,带着这样的目的写好你的电子简历。要知道当招聘经理看到第 532 份简历的时候,他或许已经视力模糊、毫无兴趣,很难再对什么留下印象了。

**832.** 记住有些电子邮件的小失误会把事情搞砸。你有可能把简历发到网上之后,没有收到任何发送失败的提示,但实际上对方没有收到。然而,更多的情况是你会收到一条错误提示信息,会告诉你邮件发送失败。因为有些网络系统会生成一条错误提示信息,例如"邮件发送失败"或"邮件延迟",同时还会对原因做出解释。

**833.** 如果你收到了网络系统的错误信息提示,检查一下邮箱地址是否正确,重新发送一次,然后给接收你简历的人打电话以确认对方是否收到。由于你无法保证自己的邮件一定能到达指定的目的地,所以应该确认一下。

**834.** 仔细一点。在图片上耍花招是目前狡猾的电脑黑客入侵时的新伎俩。

**835.** 保留所有版本的电子简历,并清楚地标明每一份所投公司的名称,这样你就能重新找到某个版本,并且在面试的时候带在身边。

**836.** 一般来说,你要按照所求不同职务的具体要求对你的电子简历加以修改,而且还要保证能够随时找到你投到某家公司或招聘机构那里的简历版本。给每个版本都标上一个清晰的名字,做得自己清楚就可以了,不一定要使别人也一看就明白。另外,选择一个普通的名字来保存简历。不要使用"Smith. Jane. 最后一个没有见面的雇主"来给文件命名。

**837.** 如果做了标记还不确定,那么就把你发出去的电子简历打印出来,并做好记录。把简历整理好以备将来参考和重复使用。

**838.** 使用文件夹归类整理文件。把各种版本的电子简历以及所发送的对象都放到计算机的同一个文件夹里。在一个"求职"或"已投递简历"文件夹里做好详细的记录。把简历的附页也复制保存到该文件夹里。

**839.** 遵守记录原则。如果能做好记录,你就可以与简历的接收方取得联系。在你通过电子邮件发送简历,或者直接把它发到公司网站或劳务部门以后,在 48 小时之内与接收方联系。不要抱有接到电话回复的希望(招聘广告和劳务部门会招致大量的简历)。如果用人单位没有给你回电话,在接下来的 48 小时里再打一次。假如这次还是没有消息,在一周内再试一次以确认对方是否收到了你的简历。

**840.** 了解什么是 PDF 简历。PDF 是邮寄简历的一种常用格式。PDF 文件可以基于 Word 文档或其他文本文件格式生成。这种文件有如下优势:它们不会携带病毒,用人单位将其打印时它们会保持原有格式,不会有什么改动,因此非常安全。你需要用 Adobe Acrobat 程序来生成 PDF 文件,还要用 Adobe Acrobat Reader 来读取。下载这些软件,你就可以制作 PDF 简历了。现在,使用 Word 2007 并安装免费附件,也可以直接把 Word 文档存为 PDF 文件了。

**841.** 能否利用一个联网设备把简历发给同室的某个人,或是同城某个办公室呢? 事实上的确能。这样一来,对方就会马上在其 PDA(个人数码助理)或数码电话上看到你的简历。

**842.** 把简历制成商务卡片。另外一个新颖的创意就是把你的简历制成一个迷你版商务卡片,这样你就可以很方便地在社交场合分发了。这需要把简历做成缩减版本,很显然,人人都会很快发现这样做是非常酷的。

**843.** 创建网络简历。网络简历是未来几年即将流行的一个趋势。你可以在自己的网站上发布简历并与那些同你所求职务相匹配的招聘信息建立链接,这样就等于把你的简历放到了一个布满招聘机构的路线图上,很多用人单位能通过不同的搜索引擎发现它。比方说你是个艺术家,你在发布简历的同时还要把它跟展有自己作品的各大艺术画廊的网站链接起来。这样,一份网络简历将使你成为真正的赢家。你可以在网络简历中选择使用一些趣味图片和音乐,这会为你带来无限可能的工作机会。它或许会让那些沉闷、尖端行业的招聘经理感到厌烦,但它会令那些从事艺术、媒体及娱乐工作的人耳目一新。基本上,拥有一份建立链接的网上简历就相当于拥有一个网上文件夹。你可以向那些感兴趣的浏览者充分地展示自己。网上简历的弊端在于需要大量的时间和专业技术(或者说需要付钱给为你创立网站的人)。

***844.*** 制作声像简历。拥有它,你就能通过语言和动作来展示自己,非常形象生动。把简历内容制成光盘,寄到招聘经理的办公室去,这样你就能把自己的简历演播出来了。

***845.*** 如果你拥有可以共享的信息,可以通过发布网络简报来求职。除了表示慷慨之外,你还可以借此将自己的资历展示给那些对此感兴趣的人。比如说你善于宣传,想在百货公司找一份工作。你可以通过简报告诉大家一些对于推销工作具有实质意义的要诀,同时在相互交流中发现自己需要的求职信息。

# 第二十五章

# 制作电子简历

电子简历是通过计算机发送的。提到电子简历,指的可能是以电子邮件附件形式发送的文件、在电子邮件中包含的简历、发到某公司网站上的简历或是贴到网上求职中心的简历。可扫描简历则只有在把文本简历扫描进数据库之后才能成为电子简历。

**846.** 在当今这个快节奏的世界里,各种软件和高科技技术发展迅速,简历的投递和处理方式也在随时改变,所以当你忙于找工作时,必须与求职大潮中的新鲜事物保持同步发展。

**847.** 要大体了解一下扫描简历的过程。把简历放在扫描仪的玻璃板上,由一个 OCR(光学字符读取)程序来读取简历内容,然后再存储到公司的数据库里。当有职位空缺时,用人单位就会把该职位的招聘关键词输入到计算机里(包括该职位所要求的主要技能,性格特点,工作经验和受教育程度),计算机会在几秒钟之内找到与这些关键词相匹配的所有简历,而且会按照最匹配、次匹配的顺序将它们排列起来。

**848.** 了解申请人跟踪系统(ATS)。简单来说,申请人跟踪系统是一种软件,该软件能够处理公司的职位招聘信息和收到的所有简历信息,来寻找与某个职位相匹配的人选。ATS 系统可以用来管理工作申请以及其他任务;而事实上更多的是用来在线审查工作人选。

**849.** 了解什么是在线审查(AKA 预招聘搜索)。通过它,用人单位可以十分轻松地对你进行审核,从而发现那些之前一直严格保密而且通常只有在你被录用之后才会公开的内容。

**850.** 确保你已了解在线审查过程的动向。这方面的信息会帮助你准备一份更好的电子简历。在你登录公司网站、回答其问题并把个人信息输入到计算机里以期公司能够对你予以考虑时,该过程往往就已经开始了。例如:你是否有过 5 年以上美术设计的工作经验? 你是否负责过某杂志美术工作小组的工作,而且该小组有 4 人或 4 人以上? 你的收入是否在每年 75,000 ~ 100,000 美元之间? 你是否拥有四年制大学本科学历? 你的答案将作为第一轮审查的依据。如果你的答案不合适,那么你的简历在这个职位的竞争中也就毫无意义了。

**851.** 在线审查还可以包括背景调查、信用报告、工作经历、教育证明、犯罪前科、破产纪录、病历、驾驶纪录、住址变更记录等信息。然而,有些内容,除非你签字许可,否则是不允许公开的。提前去查一下你的信用报告,以确保其及时性和准确性。

**852.** 今天,作为一个求职者,你需要拥有:
* 一份设计精美、能够有效推销自己的好简历。Microsoft Word 或 WordPerfect 版本中有你想要的各种字体、项目符号和斜体字——采用之后做出来的视觉效果能够充分展示自己,使你成为工作人选。这种版本的简历可以作为附件或复制粘贴添加到邮箱里发送出去,也可以打印下来邮寄出去。这也就是人们通常所说"格式丰富的版本"。当招聘经理拿到手中

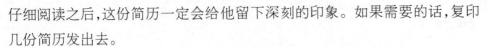

仔细阅读之后,这份简历一定会给他留下深刻的印象。如果需要的话,复印几份简历发出去。

　　＊ 一份清晰明了、便于扫描的简历(去掉其中的斜体字、图表等,以确保用人单位能够顺利扫描)。

　　＊ 一份包含关键词的简历,这样才能便于扫描。

　　＊ 一份 ASCII 版本的简历(由你的可扫描版本转化而来),顶端包括一个关键词摘要来展示你的所有技能。ASCII(美国信息交换标准码)格式是向网站、招聘信息港等投递简历时采用的通用格式。ASCII 格式的简历是最简明扼要的。在打完简历之后以保存为"纯文本",得到的就是这种格式。文档完成以后,再点击"保存",然后下拉"保存格式"菜单,选择"纯文本"。(另外,在把简历以"纯文本"保存之后,你会发现,在文字处理程序中,字体成了Courier 或 Courier New,这是为了便于计算机识别。)

　　＊ 基本的计算机操作能力,即能够通过电子邮件投递电子简历,能够把重要数据复制粘贴到用人单位网站上的电子表格中。

　　＊ 乐于随时修改简历的驱动力,即在看到吸引你的招聘启事后立刻动手修改电子简历。

**853.** 知道如何确保在电脑之间安全地传递简历。用电子邮件发送简历,要确保使用的格式能够被公司接受。如果公司的软件无法处理你的文档,那么你的求职结果必然是失败的。为何不给招聘经理打个电话来问清楚他更喜欢哪种格式呢?

**854.** 即使单页简历更受欢迎、更有市场,你依然可以制作长一点的简历,而且仍然能够扫描。

**855.** 始终寄送原稿。使用清洁的纸张,让简历便于阅读。

**856.** 确保打印时字体颜色足够深。如果墨粉不多了,要在打印简历之前更换墨盒。

**857.** 不要使用陌生的缩写词。

**858.** 不要使用双面打印的纸张。

**859.** 将电子简历调整为左对齐格式。

**860.** 做好准备去玩一个数字游戏:简历中出现的与用人单位招聘要求相匹配的关键字越多,你踏进该单位大门的可能性就越大。一个准备招人的用人单位将列出某职位所需的工作经验或技能,以此作为条件来搜索公司数据库中的简历。与之匹配的简历将被检索并打印出来以供招聘经理审阅。搜索目标的依据因素包括职称、某些技能、工作经验的范围、所受教育的具体类型,以及行业专业术语等。

**861.** 可以用计算机扫描简历,并不意味着简历中一定包括扫描仪所寻找的关键词。使简历排名上升而使你成为有力竞争者的就是用人单位想找的关键词。

要知道用人单位在扫描简历之后才决定给其中拥有某些特定技能的求职者打电话。他们要求的技能有可能包括团队精神、决策制定能力、战略计划能力和处理危机的能力。很显然,这就意味着你的简历中必须囊括这些关键词。一份可扫描简历只是写在纸上的简历,在扫入计算机之后就变成了一个影像。电脑的扫描仪中安装着一个可以从每一份简历中提取要点的程序。这样就把简历及其摘要都整理起来,招聘经理随时都可以通过检索来找到适合某个空缺职位的人选。计算机能够捕捉关键词,然后显示出那些最符合条件的应聘者,并将他们排列起来。问题就在于即使你是一个能力很强的应征者,假如你没有把电脑可以识别的、与工作相关的关键词写进去,那么还是没有用的。

要知道每个工作领域都有其关键词,即使你真的善于制定决策、拟定战略计划和处理危急情况,但如果你遗漏了这些关键词,你的就业可能性就会大大降低。或许你只是在简历中采用了不同的措辞,但往往还是那些正确使用关键词的求职者才会获得面试机会。

**862.** 在你的姓名和地址后面,写上关键词摘要(将你的资历以关键词短语的形式罗列出来)。

**863.** 找出招聘启事、公司手册或其他信息中出现的关键词,企业行话,以及网上求职信息。

找出你读的每一份招聘启事中所要求的技能,把其中的某些名词作为关键词写到你的简历中去。这样你就能说明自己是一个非常适合该职位的人。比方说,一家杂志社要招聘一名资深编辑,他们的要求是要有丰富的写作经验,能够进行稿件编辑和校对工作。如果你想引起该杂志社的注意,那么就要保证这些关键词出现在简历的关键词摘要中。

又比如,你想应聘一个高层管理人员的职位,你的简历中就应当包括以下关键词:决策能力、组织领导能力、团队精神,以及在分配工作、提高效益、管理公司、开展业务、改善盈亏状况和解决问题等方面的能力。

**864.** 你可以把关键词写在一个"专业技能"的标题下面。这样就能把它们同简历的其他部分划分开来,从而确保扫描仪能够捕捉到它们。放在"专业技能"的标题上面意味着什么? 表明你知道公司会扫描简历。放在下面呢? 那就会使你的简历看上去已经被扫描过了,甚至好像这是下一位应聘者简历的开头。

**865.** 关键词不仅要写在简历中,还要写在附页和面试感谢函中。

**866.** 在简历的头一两行里就应当使用几个关键词来说明你将为公司带来价值。还要把关键词糅合到正文中去。

**867.** 务必理解在简历中使用的关键词的含义,以防在面试中会有人问你相关问题。如果你说自己非常善于团队合作,最好知道团队合作到底是什么。当然最重要的是你使用这些关键词来表明你非常适合所应聘的职位。

**868.** 要了解在简历处理方面的最新发展。由于容易搞乱简历的内容,可扫描简历的前景并不被看好,纯文本简历也是如此(不管怎么说,没有人喜欢这种简历的样子)。然而,某人或许会由于某种原因向你索要书面简历或者说可扫描简历,所以不要随意丢掉。目前,一种更新更高级的简历处理技术已经出现,所以原有的简历扫描技术就显得有些过时了。现在一些职业和公司的网站门户会请你以它们的 full - gloried 格式来附上你的简历。在扫描简历之后,还要将其格式进行转换,其间有时会产生一些错误,而这种新技术则十分成熟,能够避免这一弊端。

**869.** 弄清楚用人单位希望你怎样做,据此决定如何投递简历。给公司人事部门的工作人员打电话或发邮件,询问一下你是否可以通过电子邮件来呈递简历。如果他告诉你可以,那么再问一下是否能采用 MS Word 或 WordPerfect 格式并以附件的形式发送,以及他们需不需要把附件转化成纯文本。如果你发现公司在拿到你的简历之后还要将其转化为纯文本,那么自己去完成这项工作,以 ASCII 格式发送你的简历。否则,你将承担这样的风险:格式转化会改变简历的页边距或增加缩进,从而使其看上去非常奇怪。

**870.** 在填写公司网站上的电子表格时,把你的纯文本简历剪切粘贴到表格中去。用人单位或许还有一些具体要求。填完之后,点击"发送"。电子表格的不足在于你无法"炫耀"一下自己某些无形的能力,而只能简单地回答用人单位提出的问题。

**871.** 在通过电子邮件提交简历时,在主题栏中写上你所应聘的职务,从而引起他人的注意。

**872.** 把简历发到一些网站。求职者注册以后,如果有公司在网上发布招聘信息,有些网站就会定期地通过电子邮件来通知你。电子邮件中会这样写道:"我们收到一条招聘信息,题为'招聘广告撰写人'(ID666),这与你的简历内容相符。请登录我们的网站查看详细信息。如果你想应聘这个职务,我们将向该用人单位发布你的求职意向、自荐书、姓名和联系方式。"然后,利用与该公司的链接登录其网站并向该职务发布你的信息,这样应聘者就不用亲自向公司发出求职意向了。用人单位会为此项广告服务向该网站付费。这些招聘信息涉及各个方面,从商业导购词撰写到书刊编辑或多元化方案设计等,应有尽有。

网上有很多类似的免费或收费网站,它们就像劳务中介一样为你服务。你把信息发布到这些网站之后,就能收到大量令你感兴趣的工作信息:包括工作类别、职务、行业、工资水平以及单位地址。向网站提供你的邮箱地址,当有信息的时候你就能接到网站的通知,这样你就再也不用为这些事情担心了。然后,当你的"中介"通知你某项招聘信息时,是否向公司投递简历就由你来决定了。

**873.** 不要仅仅在电子邮件顶端写上"程序控制工程师"几个字,事实上你可以这样推销自己:经验丰富的化学工程师,善于编程,能够检修化学工厂的各种故障,具有领导才能。你也可以附上附页和简历。

**874.** 在你的求职意向中不要写上职务名称——最好是说明你对那个行业感兴趣,避免提及职务。

**875.** 在寄出的每一页文件上都写上你的姓名。不管是电子简历还是书面简历,每一页上都应该有你的名字。假如你的简历被放错了地方,或者在计算机调用过程中出现了失误,至少用人单位还能很容易地找到你的名字。

**876.** 使用常规尺寸的白纸(不要用彩色和带底纹的纸)。

**877.** 只使用黑色文字,选择标准字形。

**878.** 姓名字号应大于正文字号,但不要超过 18 磅。简历正文的字号应为 12 磅。不要使用小于 10 磅或大于 14 磅的字体。要知道 8 磅或 9 磅的字体太小。许多扫描仪无法识别那些很小、很大或是装饰性很强的字体。

**879.** 如果你愿意的话,每一部分的标题和最顶端的姓名使用 14 或 16 磅字体。但要确保简历通篇字号一致。

**880.** 不要使用双栏格式。

**881.** 尽量不要使用插入项目。

**882.** 尽量少用制表符。

**883.** 不要使用图表、项目符号、箭头,等等,因为当你把简历从常规的 Word 或 WordPerfect 文档转化为纯文本文件时,其中的大部分项目将失去原有的格式。项目符号和其他格式化的地方都将被转化为普通的外观以便于计算机更好地识别。

**884.** 避免在简历中使用括弧。

**885.** 如果邮寄简历,不要将其折叠。把它展开放进一个大信封里。

**886.** 第一行只写姓名(这一点非常重要)。把地址写在姓名下方,不要写在姓名上面或旁边。

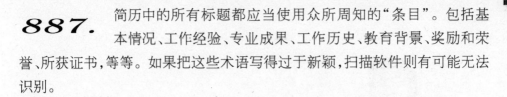

**887.** 简历中的所有标题都应当使用众所周知的"条目"。包括基本情况、工作经验、专业成果、工作历史、教育背景、奖励和荣誉、所获证书,等等。如果把这些术语写得过于新颖,扫描软件则有可能无法识别。

**888.** 标题一律用大写字母,这样能够起到突出作用。

**889.** 在往简历中填写邮箱地址时,不要让人感觉你似乎不够专业或者有些无知。如果是这样的话,换一个新的(可以申请一个免费邮箱)。

**890.** 避免使用斜体、手写体、阴影、数字标志、文本框、符号,以及垂直线或水平线。

**891.** 避免使用斜线、黑体字、阴影及底纹。

**892.** 不要使用打字机或点阵打印机来制作可扫描简历。

**893.** 尽量不要使用传真,除非这是用人单位接收简历的唯一方式。

**894.** 务必在可扫描简历中添加附页,使得公司的扫描系统可将其充分利用。

**895.** 如果你准备发电子简历,在首页上写上接收者的姓名,你所要应聘的职务以及你是如何得到该招聘信息的。

# 第二十六章
# 了解招聘人员对简历的好恶

　　了解招聘人员认为何种简历是妙笔,何种简历是败笔,这很有好处。现在几乎所有商界人士都会对某种简历持有强烈的欣赏或反感情绪。在这里,我们通过了解一些公司老板和企业家发现优秀雇员的过程来说明这个问题——看一下当被问及"审阅简历时,什么能令你愉悦,什么令你反感"时,他们是怎样回答的。

**896.** 演员兼主持人利奥·霍尔曾说:"我讨厌看到错别字;无关宏旨、冗长、啰唆的回答或解释;不准确的时间;乏力的陈述。我所希望的是与之恰恰相反的东西。"

**897.** 安吉拉·克拉克曾说:"一份全部用大写字母或大量黑体字写成的简历会令我十分反感——这实在是多余。我喜欢那些设计精美,没有错误(包括错别字,卷面不洁)的简历。我也希望看到应聘者把工作经验写在教育背景前面,如果他们能写上个人信息,那将会是很有帮助的,不过很少有人这么做。因为人们似乎害怕让人知道他们是否结婚,有没有孩子,有什么爱好,以及参加过什么志愿者服务。我还希望他们在投递简历之前能给我一封介绍信或给我打个电话。由于近来有太多的人通过电子邮件和传真发来简历,我根本记不住自己是否同他们交谈过。如果我收到一份没有介绍信或电话通知的简历,我是不会很重视它的。我还会要求所有的人都来填写一份申请表,这其中有很多原因,不过最主要的还是想看一下他的字写得怎么样。在我看来,书写工整是一个人自信和自尊的表现。他的字迹越潦草,他的桌子就会越凌乱,这通常(但不总是)能看出一个人缺乏有序处理事情的能力。"

**898.** 艾伦·雪利,某建筑公司主任说:"我最希望在简历中看到的是一个人对得到这份工作的渴望,并且愿意做出决定。这通常可以从他做过的和现有的工作中看出来。我的要求很高,其中不仅包括专业知识,还要有愿意做出决定并与之共存的决心。我每天都在跟纠纷冲突打交道,我努力使自己成为问题解决办法的一部分。我希望能雇用到这样的人。很多人都想要这份工作,却不愿做出决定。从一些简历中可以看出这个应聘者就好像一个持枪歹徒——这是很糟糕的。冲动并不是件好事。我希望看到的是应聘者在对目前的情况进行思考之后,做出自己的决定并投身于下一份工作——然后就不要再为这些问题而困扰。这仅仅是一份工作,今天做出决定并不意味着明天就要死人。"

**899.** 编辑利萨·汉密尔顿说:"据我在最后一轮招聘过程中的观察,求职时有些事情是不能做的:

* 招聘广告中明确指出'把简历放到电子邮件中,请不要发送附件',而你还是把简历作为附件发送过来。如果一个人现在就不愿遵守指示,那么雇用他之后又会怎样呢?

* 把附页的称呼写成'Dear Sirs'。我们公司的创始人、总裁、CEO和主要股东都是女性。负责审阅简历的两名工作人员也是女性。在给一些死板的律师事务所写信时,或许可以使用'Dear Sirs',但是在给一个21世纪的出版公司写信时也使用这个称呼,就不太好了。

* 将我们公司称为'fabjobs.com'。这并不是我们公司的名字。但是很多想到我们公司做编辑的人都会犯这样一个低级错误,而且还不在少数。这对我们来说比错别字还要糟糕,因为有人曾为了利用我们网站的知名度而买下了那个域名。我们并不期望应聘者了解我们为什么会因此而烦恼;我们所期望的只是一个能够保证我们的出版物能够准确无误而且不会写错我们公

司名字的人。

* 写错一些'细节'内容,或者将本该写给'Lisa'的信写为'Linda'。我们觉得最可笑的一句话是:'我非常希望能够到 Fabio 公司工作,所以我愿意因此而提高自己以适应公司需要……'很感谢使用这些优美的文字,然而我们不知道什么是 Fabio!

* 令我印象深刻的是,有的人竟然会写给我们一封简要的私人信函来说明她是多么喜欢 Fabio. com,并且还详细地说明她的工作经历使她多么适合我们的工作。有许多人都给我们寄来日常信件,很高兴看到他们能花时间来了解我们。"

**900.** 某剧组经理:"我喜欢的是:在所要应聘的领域接受过正规的训练。我讨厌的是:个人的兴趣和夸大之词。你所要具备的是主动、热情、勤奋和奉献精神。"

**901.** 伊丽莎白·克奈普曼,新英格兰出版协会的股东之一:"我需要的是具有我所希望的技能的人。假如说我要找一个助理编辑,那么我就希望这个人能满足我们公司的需要,他要有出版业的工作经历,或许能有计算机操作技能、一定的学历(如果是一个相关学科的硕士,我将考虑录用他),以及喜欢读书。我看重经验、背景和能力。我不喜欢那些过分吹捧自己的人。一个很好的例子就是,一个从大学退学或是刚刚读完高中的人就扬言自己非常适合助理编辑这个工作。我们处理这些信件花费大量的时间,而这样的人往往还不具备待人接物的技巧,不知怎么的就会冒犯他们。一个人努力吹捧自己,就说明他并不了解我们在做什么。"

**902.** 急诊医师科森说:"我不喜欢长达数页的简历。我觉得他们应当使用高质量的白纸,并且应当简明扼要。当我看到错别字或矫揉造作的字体时,我会立即将其排除在考虑范围之外。另外,我实在不喜欢那些'客观的'陈述,因为他们所说的都是显而易见的事情。"

**903.** 帕萨迪纳独立学区的物业经理斯旺说："我通常对那些总体效果好的简历印象比较深刻……当简历到我手上的时候，它能够吸引我的目光吗？一份引人注目的简历能在无形之中得到我的好评。我还希望在简历中能有一个简短的摘要。我可以通过给介绍人等其他人打电话来得到应聘者的个人情况，但是我不喜欢通过看几页长的简历来了解一个人。另外，装在文件夹里的简历也能给我留下较深刻的印象。"

**904.** 营销主任布莱德利："我喜欢简历中能有一份热情洋溢的附页，上面有应聘者的工作成果和业绩。另外，能够长期从事某项工作的人也会给我不错的印象。一个在短时间内频繁更换工作的人会让我反感。"

**905.** 化学工程师加莱特："我看重他们的经验以及他们是如何表述这些经验的，这能让我了解他们是否知道自己在说什么。他们是否拥有我所需要的技能？他们是否能够让我相信他们在某项技术上的水平能符合我的要求？他们是否能够很好地将其反映到文字上？然后，我会看一下那人的工作经历，看其是否与他所说的技能相对应。我会注意一下他是否曾在某家我有熟人的公司工作过，如果是的话，我可以向熟人核实一下他的情况。基本上，看简历时，我会铭记：它对于我们的招聘有意义吗？我是否相信他的技能是我所需要的？与以上情况相反的简历会令我失望。如果一份简历表述不清或者辞藻华丽而令人费解，我会非常失望。如果简历含义模糊或者过于简短，我也会感到厌烦。我曾收到一份长达 30 页的简历，所有办公室的人看到之后都不禁发笑，但那份简历的确那么长。我们决不会给那人面试机会。"

**906.** 帕特森＆菲墨公共关系公司的股东之一帕特森："我非常看重最基本的工作经历,希望它们能够按照时间倒序(最后的工作放在最前)简单明了地罗列出来。我不喜欢夸张的语言——应保证语言简练,同时那些老是使用求职行话的简历实际上等于什么也没说,我也一般略过不看。最近,我看到一份我所看过的最差的简历。太啰唆,没有组织,没有中心!"

**907.** 《美国周刊》的艺术指导斯皮格:"说白了,简历就是一些乏味的东西,没有人很在意它们,然而它们确很实用。我讨厌那些设计糟糕的简历(这是很自然的),同样也讨厌那些设计过于花哨的(字体小之又小,等等)或者不加任何设计的。从简历上就能看出你已为之付出了努力,也能看出你刻意以一种'与众不同'的方式展示自己,二者之间总是有一定界线的。简历的语气要适当。有些人过分地追求与众不同——使用彩纸、图文标签以及个性的字体等。错别字在出版业是一个致命的错误。(或许你不会拼写某个单词,可难道你不能找个人来为你检查一下吗?)简历必须切中要点,同时要能给人深刻的印象。假如你只是在 Kinko's 工作过,或者只做过暑期实习医师,就夸张渲染或过多地解释个人能力,那实在是不可取。过于'努力'是最大的错误。简历中应该写明你是谁,以前做过什么,但是并不需要面面俱到。正如建筑师所言,'一颗钉子没有必要成为整座房子。'"

**908.** photowow. com 网站管理员谢夫:"当我看到简历中有错别字、标点错误,以及不连贯的总体设计时,我将不予考虑。一个应聘者应只用一两页纸来描述自己。上面所有的东西都应该是准确无误的。如果应聘者没有时间来检查这些错误,那么我也没有时间来看他们的简历。我要找的是具备工作经验和技能的人。我也会注意一下应聘者之前的那份工作做了多长时间。如果他从来没有做过一份长于两年的工作,那么他就不值得我们花费时间来培训他。"

**909.** 医学博士凯丽："我认为简历的组织——实际的版面设计——同简历的内容一样重要。我需要扫描简历，收集信息。如果设计合理，我能很快知道该应聘者的资历是否符合要求。"

**910.** 作家，摄影家彼德曼说："简历是一种乏味而正式的文体。我希望看到一些小插曲，或许是关于某项特殊工作的(这一定很有趣)。要让简历变得生动一点。"

**911.** 石油工程师，公司总裁钱德勒："决定我选择把整篇简历看完，或者直接把它放入 13 号文件夹(不再予以考虑)的标准有三个:不要长过一页，保证其简单明了，不要夸大你的成就。"

**912.** 社交名流史密森："当我从当地雇用某个人时，我的建议是考察一下他之前的工作场所，因为你无法仅仅从封面来判断一本书的好坏。仔细和警惕是至关重要的。太容易轻信他人是不可取的。还要记住，从简历所说的内容很难看出这个人为什么会从那里跳槽。有时即使某人在面试中表现良好，书面表达也不错，性格也比较乐观，但你还是有可能碰到了一个伪装技巧高超的骗子(我就栽过这种跟头)。多花些时间来仔细阅读简历，去核实其信息是否真实，这样你就不会犯雇用一个骗子的错误。"

**913.** 弗吉尼亚州的国家个人综合体能训练所主管阿明泽勒："对于简历我主要关注的是应聘者应当比较容易相处。不要太不安分或者过于自负(有迅速熟悉工作的意愿)，但要绝对自信，不要'绝对适合'这个职务(就好像他们为了得到理想的工作，刚刚研究过'如何去写简历')，不要过于平庸，什么都要学习，而应当有一些能够摆到桌面上的东西，就算只是一些诚实的工作信条也是可以的。出于某种原因，在我看来，自然而真实的简历要比那些一看就是专业人员所写的简历更有吸引力。从那些专业人员写出的简历中我体会不到这个应聘者到底怎么样。我希望能够看到那些真诚而且发自内心写出的简历。即使这个人并不十分符合这项工作的要求，但是我期待看到这个人的表现。"

**914.** 某杂志主编文图拉："由于我们是一个双语刊物，通常简历中比较突出的一点就是这个人是否懂西班牙语，以及他们曾经参与出版的著作。令我反感的是在简历中大量罗列他工作中接触的人名。我更喜欢从书（最终成果）中看到这一切。"

**915.** 某摄影工作室经理多蒂："我希望应聘者在简历中能够拼写正确，注明日期和联系人，并且不留空白。让我反感的是简历中字迹潦草、难以辨认，或者没有任何关于之前工作的信息、时间等。"

**916.** 口腔美容协会的口腔外科博士戴维斯："最让我高兴的是某人说他喜欢与人打交道。由于我的工作必须面向人群，这一点是必需的，所以当我看到简历中有这一点时，我会立刻将这份简历抽出来。我也欣赏那些有自信的人，希望看到有人能在简历中展示这个优点。最让我厌恶的是那些曾在很多地方工作过，整天不停地换工作的人。"

**917.** 某学校督察："我希望看到一个人能够（在简历中）清楚而简洁地说明自己的个人情况和资历。如果用人单位没有要求把简历放在文件夹中，而应聘者偏偏就交上来一个文件夹，这将令我反感。文件夹意味着一种炫耀。这样做的应聘者以为用人单位会有时间去翻看文件夹中的所有内容。"

**918.** 某高级编辑："我特别讨厌简历中有手写的修改痕迹，删掉的部分等，就好像这人懒得去重新打印一份修改好的简历。另外，我还讨厌明显的拼写或语法错误，这说明他不太注重细节。我喜欢应聘者在简历中简要总结一下他的工作成绩以及如何使前雇主获益。我希望了解：你能为我做什么？你能给我的公司带来什么帮助？"

**919.** 某律师："写简历时，要遵循两个原则：第一，要简短；第二，还是要简短。最长不多于两页。该原则只适合于向某些行业投递的专业简历（律师、会计师等）。简历中必须包括一些与众不同的东西；否则用人单位不会予以考虑。相反，如果你所应聘的是一个学术职位，或者你想利用简历来证明自己的口才，那么或许应该写得长一些。"

**920.** 《职业报》某编辑："我很忙，没有耐心去看一些废话。简历应当整洁、清晰，包含有用信息。"

**921.** 某专业摄影师："我认为，简历中体现出应聘者对于学习和长期从事该工作的热情与意愿，会成为简历的一个亮点。当一个人从事一项工作三年或四年以上（越久越好），那就说明他会忠于公司，不会跳槽。我想知道他们来我这里工作的原因——这非常有用，以及他们具体想要什么样的工作。另外，我还想知道他打算怎样改善公司的业绩。我希望不用对他们进行业务上的培训，所以我会注意一下他们都有哪些技能，这样我就不用再去教他们了。"

**922.** 某百货公司招聘经理："我喜欢那些根据工作特点而设计出来，并且能够很好地展示应聘者工作能力的简历。简历应当设计合理，内容排列有序，这样招聘经理一眼就能看到她最感兴趣的部分。一个聪明的简历写手能够写出就应聘者目前的条件而言最佳的简历。我讨厌应聘者在简历中滥用'关键词'，这会让我觉得她想方设法地让我相信她非常熟悉我们的业务，而实际上她是个新手。另外，杂乱无章的简历也会使我反感——我会立马扔掉它们。"

**923.** 某饭店餐饮部主管："我希望应聘者能够在简历中突出关键部分——我不喜欢把简历从头看到尾去查看这人是否在饭店工作过。而且我对不美观的简历有一种固有的偏见，这样的简历会让我感觉应聘者似乎应当更换打印机墨盒了，或者在交给我之前，他曾经把简历揉成一团。"

**924.** SBC 提案中心的区域经理："好的简历：易读——简单明了，书写工整，设计清晰，简短而要点全面，一到两页即可。应当包括相关的工作经历，以说明你具备该工作所要求的一系列技能，还包括你的事业亮点——至少持续几年的良好的工作业绩。应当包括个人的工作能力和工作经验，二者要相互联系，相互体现。要有良好的教育背景——我认为一个正规院校的文科或人文领域的学位就意味着一个人曾接受过对于批判性思考、研究，以及写作方面的训练，这要比与工作直接对口的职业文凭好得多。糟糕的简历：难读——字体偏小，难以辨认，布局凌乱，长篇大论，滥用专业术语和缩略语，长于两页。又或者过于简短，遗漏信息。篇幅冗长，随意罗列无关的工作经历，这只能说明该应聘者不安分，不稳定。对工作能力长篇大论，而没有证据支持，或者没有陈述相关的工作经验（比如，'我具有很强的网页设计能力'，但是在其工作经验或培训教育背景中却没有提及这一方面）。耍一些小花招。出现拼写或语法错误，造词现象（例如，把'效果'、'界面'、'任务'作为动词使用,等等)。"

**925.** 前街书店总经理:"我希望简历能写得清楚、准确,对于要应聘职位的陈述开门见山。那些啰唆的、华而不实的简历对我没有任何吸引力。令我厌烦的是拼写和语法错误。"

**926.** 某美发店老板:"不要企图通过添加附页来引起用人单位的兴趣。我们已经厌倦了这种东西。一份简历应该说明你能为我做些什么,能带来多少过去工作中结识的客户。"

**927.** 某珠宝店老板:"在你的附页中,在结尾后加上附言,从而使别人能够注意到最后一件事情。这样做总会吸引我的目光,或许还会使我给你打电话通知你面试。在你的附言中,一定要说明你的技能为什么适合你所应聘的职务。"

**928.** 某出版社主管:"我讨厌看上去华而不实的简历。不要过分地吹捧自己。重要的是说明你能做什么——你的技能——不要只给出一长串的形容词。要给出事实。"

**929.** 某房地产公司老板:"我希望在简历中看到应聘者顽强、上进,能够带来效益。在我看来,在制作简历过程中不注意细节,或者缺乏必要的信息是很糟糕的。"

**930.** 某财务策划师:"我喜欢应聘者在我们广告发布之后,立刻寄来简历。这会让我印象深刻。因为在广告发布几天之后,我会收到大量简历,淹没其中,你的简历就很难脱颖而出了。我讨厌简历中缺少基本信息。你需要在简历中写明你在以前的工作中都做过什么。"

**931.** 某进口商："在简历中,我很希望看到应聘者能够将自己的全部技能充分地展现出来。而不喜欢其加入大量的个人信息,这会让我感到困惑:过去的 20 年里这个人在哪工作? 这样的简历就像躲在车篷里的旅客,让人看不清真面目。"

**932.** 某高中校长："我喜欢精美的简历,并且其中应包括所有必要问题的答案。而我不喜欢有些应聘者在简历中'诱导'我们相信他具有在教育系统中工作的能力,而实际上并不是这样。"

**933.** 某注册会计师："当我招聘的时候,我会很快地把所有简历浏览一遍。我希望从简历中看到这个人非常可信,我对附页寄予了很大期望。如果附页写得生动有趣,而且应聘者本人也受大家欢迎的话,我将给他一次面试机会。"

**934.** 某人事部主任："我希望在简历中看到应聘者有丰富的工作经历,这说明他曾经做过此类工作,不需要二次培训。我讨厌应聘者在简历中泛泛而谈,让人看不出他到底做过什么。"

**935.** 某电视制片人："看简历时,我要找的是那些上进、勤奋,并且具有较强交际能力的人。我不喜欢那些可笑的说法,比如,'我看过很多电视节目,所以我希望能到电视台工作'或者'虽然我对电视行业一点也不了解,但是我知道做一名责任编辑是很棒的'。不要考验我的耐心。"

**936.** 某健身俱乐部老板："我希望在简历及附页中看到应聘者的热情。我讨厌看到应聘者毫无根据地自吹自擂。难道他认为自己能骗得了我?"

**937.** 某形象艺术家："当我为公司招聘时，我不喜欢应聘者在简历中夸大自己的教育背景或技能。如果某人通过周末课程来学习'如何制作网页'，那么我还不至于傻到认为他是一个'网页制作专家'。"

**938.** 某建筑师："不要寄给我一份看上去简直是一团糟的简历。我们所从事的工作是让一些东西看上去美观。我希望看到的是一份完美呈现的简历，上面的所有材料和设计都清晰明了。"

**939.** 某办公室经理："我希望应聘者的简历能够证明他十分适合我们的工作要求。我最中意的是那种洋溢着工作热情的简历——这会使我有一种强烈的想见到他本人的愿望，所以我一定会给他一次面试机会。但是，假如应聘者没有简历中写的那么出色，我将会非常失望。如果应聘者在面试过程中笨手笨脚，结结巴巴，神情紧张，以及对于自己无话可谈，我会立刻意识到他的简历不是自己写的，而是由他人代笔。"

# 第二十七章

# 充分利用猎头的经验

来自招聘机构的帮助,将十分有利于提高你的求职层次、速度、范围和效率。你可以通过几种方式最大限度地利用这些经验。在这里,我们介绍一些小窍门,教你如何充分利用与猎头的关系使你的简历具有强大的冲击力。

**940.** 一个专业的猎头必定多年来把全部精力都放在劳务市场上,假如你认识这么一个人,你就可以利用他的工作经验。把你的背景情况告诉他,他知道你应当如何向你的准老板展示自己。他的建议能有效帮助你获得面试和工作机会。

你甚至可以让猎头利用他的经验来为你争取更高的薪水(如果你得到了一次面试机会或者一项工作,那么薪水问题就浮出水面了)。但是,即使有这样一个招募人员在背后相助,你也不能自鸣得意。你必须继续为自己奋斗。你是自己最好的支柱。

**941.** 如果你要去一个新公司发展,那就在你参加面试之前先听一下该招募人员的意见。一个职员水平的人或许需要提前 8 周开始,然而一个处于管理层或更高层的人则应该至少提前 3 个月开始准备。

**942.** 假如当你宣布要离开而目前的主管提出给你更高的工资时,同猎头见个面,讨论一下这个问题。对于减少繁重的工作量来说,讨价还价是一个权宜之计,可是接受这样一个条件将使你登上临时雇员的名单。你的不忠(曾威胁要离开)或许会导致你在第一轮的公司裁员或改组中就被淘汰。老板是不会忘记你的这次劣迹的。一名猎头也许会向你提出这样的问题:为了升职,你不得不以离开公司来威胁老板,你是否还想留在这样一个地方工作?他们为什么这么做?很明显,公司需要你为之继续工作几个月,因为短期内公司还离不开你的工作能力;然而,通常情况下,你的上司会最终找到一个好办法来炒你鱿鱼。

**943.** 要了解招聘机构的业务流程。招募人员是确定和吸收合格工作人选的人,他们所找的应聘者要具备客户公司所要求的能力和技术,从而能够帮助该公司实现其业务目标。大多数情况下,客户公司会付钱给招聘公司,不过招聘公司必须跟求职者和客户公司同时建立关系,这样才能把业务做成。如果愿意的话,你可以同时联系几家招聘机构。

**944.** 把自己介绍给猎头,告知你的背景和求职方向。请他有工作机会的时候不要忘记你。告诉他你求职的活动范围:你是否愿意在某个相关领域工作?你是不是只接受某个特定职位?你是只想得到工作,还是有其他的工作要求?

在真正开始找工作之前,先去结识一位猎头。这样一来,当你真正需要求职的时候,你已经建立了某种职场关系,或者说当猎头发现一个大好机会时,他就有可能打电话通知你,看你是否对这个工作机会感兴趣。

**945.** 尽可能地配合你的猎头。提供所需要的信息,当他联系你时,及时地回复电话或者电子邮件。向猎头展示你有多么专业,以便其有效地把你推销出去——这样他就有了关于你的第一手材料(每次给 Amanda 发电子邮件时,我总是当天就能收到她的回信)。

**946.** 如果你目前尚有一份工作,而同时又在求职,那么把你要找的猎头公司限制在两到三个,不过这些公司应该是专门服务于你的专业领域的。这样对于宣传你来说已经足够了,同时还能避免对你进行重复推荐。

**947.** 如果你了解某个你想去工作的公司,即使你觉得该公司不缺人手,还是可以要求猎头核实一下。他可以为你查看一下他所能查到的信息。告诉猎头你所感兴趣的职务,可能的话,告诉他该公司的招聘经理是谁。这样他就能把你的简历寄给那个人,从而引起公司的注意,同时他还可以作为一个中间人替你说话。在公司收到你的简历之后,接下来你就可以做一个自我介绍:表达你想为公司工作的意愿,并且要重点强调你所能带来的价值和才能。

**948.** 假如你想同时在几个不同地区求职,那么分别去找当地的猎头寻求帮助。

**949.** 在你求助于猎头公司的同时,继续同你的个人和职业交际网络保持联系。不要仅仅坐等猎头来为你做好一切,为你解决问题。

**950.** 如果你得到一份比现在薪水更低的工作,去找猎头讨论一下接受该工作的利弊。这份工作的基本工资或许低了一些,但是你有可能得到丰厚的奖金和提成,或者说你将承受更大的压力来获得更高的收入。猎头或许会告诉你走这条路的最大好处就在于:当你的工资和业务有所减少的时候,这必将激励你奋发向上,从而重新获得一个较高的职位。

**951.** 如果招聘中介机构为你找到了一份工作,那么在参加公司面试的时候,不要提出具体的薪水要求。假如公司代表问起你所期望的工资水平,告诉他们你想要并且能够胜任这份工作,希望他们能够基于你为公司服务的能力而付给你合理的薪水。

**952.** 在你把简历寄给某个中介机构之后,假如他们没有给你回电话,那么不要再找他们了。

**953.** 即使你的工作属于一个非传统行业,该行业很少要求呈交简历,但你仍然需要交给招聘机构和用人单位一份工作历史记录。你可以称之为简历或情况说明书,但是务必在上面写明你曾经工作过的公司,城市,你所担任过的职务,就业的时间,以及你所承接过的业务项目。你需要把这些信息记录下来,从而完善你的求职申请,或者在公司要求的时候制成简历。

**954.** 听取招募人员的意见并遵守其指示。如果他告诉你用人单位希望你把简历传真过去,照做。如果他告诉你用人单位更希望你用电子邮件或信件来投递简历,照做。

接受猎头认为有助于你找到工作的所有建议。比方说,假如你的猎头认为你应当在面试之前首先加强对某公司的了解,那么首先求助于网络。查询关于该公司的信息,然后再了解一下其所属行业及竞争对手的情况。第二个信息来源就是公共图书馆。你可以亲自到图书馆去或者使用拨号接入系统。图书馆里有许多行业杂志,可以提供某一行业的信息,你还可以找到一些关于某公司的文章。

**955.** 要求猎头帮你做好应对重要面试的准备。他能够大致告诉你面试中可能遇到的问题,面试中一些禁忌,以及在面试期间及以后如何使你顺利得到工作。比方说,他有可能建议你询问面试官他对你胜任该工作的能力还有什么问题或疑问,这样做同样也给了你自己一个强调这些细节的机会。另外,你还应当记得询问一下这项工作的有关情况。回家之后马上给面试官写一封感谢函,加深考官对你的印象。为防止打扰面试官,不要给他打电话询问:"你什么时候能做出决定? 我记得你说过上周会给我打电话。你认为我在面试中表现不好吗？你有没有觉得我是你面试过的所有人中最棒的？你觉得我会被录取吗？我的薪水会是多少？你忘了告诉我公司的福利待遇和假期情况。"以此来纠缠招聘经理，或者说表现得冒昧放肆，会给他留下一个很坏的印象，让他觉得你将来会是一个问题职员。

**956.** 告诉猎头你在招聘会的收获。说明你对哪些公司感兴趣。在招聘会上，你可以收集不同公司的信息，找到中意的求职目标，然后让猎头针对该公司为你出谋划策。由于时间有限，参加招聘会的时候，尽量多跟不同公司的人员交谈。

**957.** 不要对你的猎头逼得太紧。一些客户会在一天内打来 12 个电话询问："你给我找到工作了吗？我还要等多久？你觉得你还能帮我找到工作吗？我是不是应该一小时之后再打来问问你？"

即使你只是通过电子邮件联系猎头，一天发几封邮件也够受的了。猎头是不会把你忘了的。一周之内向他或她确认一次还是可以的，不要超过这个频率。猎头有你的电话号码，他会在得到消息的第一时间联系你。

**958.** 假如你想找的工作属于一个新的领域，在这个领域中你有所涉足但并没有实践经验，那么让猎头帮助你完善一下你的简历。比方说，你想到某个大型市级医院的人事部门工作；你有一个心理学学位和几年的行政和文职工作经验。由于人事部门的工作包括招聘、职员关系协调、培训、补贴和福利发放，所以你会把你的一系列工作经验运用到该领域中去。

**959.** 如果你对于求职的某些环节没有把握，那就向猎头请教一下相关的技巧。比如，一个求职者对于即将到来的电话面试十分紧张，但是当猎头告诉他一些技巧以后，他就不再紧张了：首先，说一说你的技能,兴趣和资历;其次,试着要求进行一次现场面试。电话面试跟首次正式面试同样重要,所以你需要对该公司进行调查,这样你就知道这个公司是做什么的,规模有多大,他们的主要竞争对手是谁。告诉招聘经理你将如何为他工作,你的能力会为公司作出什么贡献。表达出你对这项工作的兴趣,并要求进行面谈。(在电话面试时,要站着讲话,这样会使你听上去更加自信,更加机敏。)

**960.** 向猎头询问一下你即将定居的城市的消费水平。这是很有必要的,假如你在纽约的某家公司找到了一份年薪 60000 美元的工作,那么你会想知道这份薪水是否足够你维持生活。猎头会让你根据当地的 PPI——产品出厂价格指数来计算某个地区的生活费用,PPI 是一个对于房屋、食品、服装、税收等价格水平的详细分析。每个城市都会有这样一个基于平均数 100 的指数。比如,休斯敦的指数为 98,而纽约的指数为 138。基于这些统计数字,你在纽约工作的话,年薪应当约为 75000 美元,而不是 60000 美元。

**961.** 你可以问一下猎头,当你(在面试过程中)被问及某个具有偏见性的问题时,应当如何回答,例如:你有要孩子的计划吗?猎头有可能会告诉你提出这个问题是不符合规定的。根据颁布于 1964 年的《公民权利法案》第七条规定,用人单位在聘用或辞退员工时不得涉及有关种族、肤色、宗教信仰、性别或原国籍等方面的问题。但是你还是有可能会被问及某个不合理的问题。如果有人问你是否打算要孩子,那么抓住问题的根本作出回答:"我会按时上班,努力工作,决不旷工。"

**962.** 如果你对招聘广告中某些语句存在疑问,让猎头为你解答。比如说,假如某公司要招人,而你感觉该公司的这个职务听上去还比较令人满意,招聘广告中写明要招聘的是"一名熟悉计算机操作的金融类专业人才",而你不明白这是什么意思。你的猎头将为你解释,"计算机操作"主要指会使用某些软件,对于金融类专业人才来说,要具备使用制表软件、文字处理软件、总账管理软件和数据库处理软件等的基本操作能力。在他为你解读广告之后,你就能判断自己是否具备应聘这个职务的能力。当你在这方面有疑问时,尽管给你的猎头打电话向他求助,不要不好意思。

广告中经常提到以下几种技能,假如你不明白二者之间的区别,同样可以问你的猎头:

* 什么是本职技能? 本职技能包括执行审计,统计应付账款、应收账款,制作财务报表,以及计算成本。

* 什么是行业技能? 这些技能与你获得本职技能的某个具体行业相关联,包括房地产业、油气业、制造业、银行业,等等。

* 什么是管理技能? 这些技能涉及管理水平,包括管理那些直接或间接向你报告工作的员工,以及由你负责的外地分公司。

* 什么是计算机技能? 计算机技能是指你会使用电脑软件的能力。例如,需要掌握文字处理软件的使用。

# 第二十八章

# 在面试中使你的简历名副其实

做好准备。只要你寄出简历，面试随时都有可能到来，所以你最好做好准备来抓住这次机会。本章为你介绍一些要诀，掌握了这些要诀，你就能在面试中使你的简历名副其实。

**963.** 面试之前，调查一下所要应聘的公司。上网了解一下该公司的情况及其所属行业和竞争对手的信息。如果需要的话，去公共图书馆查一下。看一些报纸和商业期刊上有关该公司及其所属行业的文章。在网上，你可以找到该公司的年报，或者年报的摘选。你在网上使用关键词搜索，就可以找到有关该公司的介绍以及一些相关信息。图书馆里有便于查询各类公司信息的行业指南，看一下你所要查询的那一类。

面试之前，问一下同行对于该公司的看法。这能使你对于公司的稳定性及其在商界的位置有所了解。

**964.** 认真对待电话面试。越来越多的用人单位开始将电话面试作为第一轮筛选应聘者的方式，这已经非常普遍。用人单位希望借此查看你的基本技能、你对于此项工作的兴趣以及你的资历。对于你来说，这是闯入第二关——现场面试的一次机会。这就意味着你必须像对待现场面试一样，严肃对待这次电话面试。

电话面试结束之前，要表达出你对这份工作的兴趣（如果你的确对它感兴趣的话)。向对方要求现场面试的机会。要表现得专业而自信。谈话时保持微笑,这会使你听上去十分友好。

不管是现场面试还是电话面试,一定要特别指出你将如何帮助他们为公司服务。突出强调你将如何为提高公司的整体实力、改善公司的业绩而效力。不要腼腆害羞,不要生硬粗鲁。说话一定要直率而自信。

**965.** 参加现场面试时,一定要着装讲究。如果你不确定穿什么好,那么正式的衣服总要比随意的强。如果你是男性,要穿上西装,打上领带。如果你是女性,穿套装是最好的。参加面试时,得体的着装能够体现你对面试官以及公司的尊重。被录用之后,你就可以穿那些适合公司环境的工作装了。例如,一个外科医生在手术室里通常是穿白大褂的,但假如他认为面试中也应当穿这种服装,那就显然不合适了。另外,也不要穿着奇装异服或者燕尾服。你要给人留下沉稳、优雅、温和的印象。你可以在得到录用之后再去展现你的个人风格。

去面试之前,找一个朋友或亲戚为你的形象作一个坦率的评价,从而保证自己能给面试官留下完美的第一印象。搞清楚:

* 别人能否看到你的内衣?

* 你的皮鞋上是否有破损的地方?

* 你那象征着能量的红领带是否颜色太浅?

* 你的睫毛膏是否把你变成了熊猫眼?

* 你的衣服是否过于紧身,款式是否过时,或者已经太脏,上面满是头屑?

* 穿运动服是否合适? 是不是应该穿一件套装? (还是套装吧!)

* 呼吸是否平稳?

* 牙齿是否清洁?

* 你化的妆是否更适合夜总会而不是办公室的光线?

* 你给人的印象是整齐的,还是凌乱的?

* 你的穿着是否过于朴素?

务必在面试之前检查一下自己的着装,必要的话改善一下。不要让一些非常肤浅的行为(不得体的衣服、化妆、领带、牙齿)让你失去自己能够胜任的工作。好好打扮自己,带上你的简历和面试技巧,如果你具备胜任该工作的能力,那么它很可能会落到你的手中。

**966.** 做好准备回答那些面试中必然要遇到的问题。回想一下以往的面试经历,准备好怎样回答所有面试中都会提问的东西,比如说:"你最大的优势和弱点分别是什么?"你一定不希望看到自己面对问题哑口无言,那么即使这是你有生以来第一次面试,也要像一个面试老手一样走进办公室。如果你的面试经验不多,同你的朋友和家人交谈一下,看有哪些面试中通常都会提出的问题。尽最大努力做好准备。

当面试官问你意向中的薪水是多少时,不要说出一个具体数字。告诉面试官,你十分期待这份工作,相信自己有能力做好,并且乐意接受一份合理的报酬。假如你提出一个薪水标准,这会让你淘汰出局。如果数字过高,招聘经理或许就会以为你不会满足于他们开出的薪水,或者不会接受这份工作。如果数字过低,那么你最终得到的薪水只能是比原本对方愿给的更低。

回答"你最大的弱点在哪里?"这个问题时,一定要谨慎。如果你坦白说出自己的缺点,那么你将损失惨重(尽管面试官和你都很清楚每个人都存在不足)。巧妙地回答这个问题,或者说一个有益无害的缺点。你可以说:"我过去曾是一个完美主义者,但是经过几年的锻炼,我已经认识到应当如何在某个项目上倾注一定的时间,这样我就能把精力从上面转移开,我感觉自己已经能在这方面做得很好。"换句话说,即使你要承认自己的某个缺点,也要说得婉转一些。

当被问及理想中的工作是什么,不要说它就是你正在面试的这份。相反,说一下这份工作好在哪里,并指出你认为你的能力足以使你成为该职务的理想人选。对你来说,回答这个问题又给了你一次机会来强调你非常适合这项工作并且目前你是最佳人选。

利用"你最大的优势在哪里?"这个问题作为推销自己的跳板。把你的优秀品质和业务能力描述得淋漓尽致,这样就能使面试官过后对于自己提出这个问题十分满意。

不要勉强回答不合理的提问,例如"你是否打算要孩子?"根据《公民权利法案》第七条规定,这个问题对妇女和已婚人士具有歧视倾向,而两者均受该法案的保护。然而,你可以回答那些最幼稚的问题:你能确保按照我们规定的时间工作吗?再次向面试官保证你愿意并且已经做好准备按照工作要求按时上班。可是,当面试官的确提出这个问题时,如果你拒绝回答,那或许不是上策。

只有当你的宗教信仰影响到你的工作时,你才需要把它告诉用人单位;比如说,假如你信奉佛教,那么你在一年的某个时间或者几天里就不能工作。一定要提前把你的特殊情况说出来;不要在某一天当你迈出大门要去参加宗教活动的时候才突然告诉上司这个情况。一个优秀的职员要铭记:即使在办公室以外,商业的车轮也是不断前行的,所以养成良好的习惯,主动向主管提出你工作之余要做的事情以及你何时需要请假。

**967.** 把注意力放在你想要的工作和提供工作的公司上,不要牵涉个人生活。面试官想听的是为什么说你具备极为适合该工作的能力和经验,他也想听你说希望为公司作出贡献。

**968.** 假如你的个人信息有助于说明你能够更好地完成工作或者说明你有独特的洞察力,那么你可以在面试中提及。比如说,你应聘的是一家跨国公司,那么告诉面试官你曾经广泛游历是非常恰当的做法。或者,你应聘的是一家有关石油开采或石油生产的公司,那么假如你是在油田长大的,当然应该说明一下。这会让用人单位知道你对业务比较熟悉。

不要提及健康状况,除非它会影响到你的工作。最理想的情况是,你能够一直按时上班,做好本职工作。但是假如你知道自己将会因为健康原因请假,那么要在面试过程中提出来。

**969.** 如果面试官向你提出一个技术问题,而你不知道该怎样回答,不要慌张,现场发挥也可以。他只是想考验一下你的逻辑推理能力,所以如果你不知道问题的确切答案,就基于你已有的知识来推断一下,给出一个听起来很有道理的答案。换句话说,猜测也是不错的选择。

**970.** 重点强调你的性格,强调你的工作经历,强调你能够引起别人注意的工作技能。要记住,关于个人优势的问题实际上就是给你一次夸奖自己的机会。那么就照做吧。不要表现得盛气凌人,不要说那些类似于"我是计算机行业编程水平最高的人"这样的话。即使你的确是水平最高的,这样说也不过是为了表明你的自信,但是这些话听上去会让人感觉你骄傲自大。

另外,面试中不要试图哗众取宠,张扬个性。在众多理想品质当中,招聘经理会十分看重一个人的沉稳,小丑一样的人往往会给人留下不可靠的印象。

## 971.

确保自己不要去给面试官进行面试——这是一个极大的错误。相反,去推销自己和自己的工作经验,并要记得表明你希望得到这份工作。

面试过程中,向面试官询问一下公司的背景情况和发展目标。重点突出你能做的事情。你应该不希望把面试变成一个由你不断发问的会谈吧。如果情况变成由你来为面试官面试,你又能得到什么呢? 面试结束时,他对你的了解不会比之前多多少,等到他要把所有应聘者的材料集中到一起以作个比较时,由于你没有在面试中给他留下一个很好的印象,你就不会胜出了。

向面试官表明你非常希望与他及其他员工一起为公司的客户服务。你要在谈话中特别强调你非常善于与人相处,并且具有强烈的服务意识。如果你有一次与相关客户关系融洽的经历,那么这是把它讲出来的绝佳时机。

表明自己是一个优秀的、有能力的职员,表达一下自己将给公司带来价值的决心。要努力向面试官证明你能帮助他解决业务上的难题。然而,假如你知道该公司正面临某些困难,不要触及这一敏感的话题。

如果面试官问你跳槽的原因,你可以说你是为了追求事业上的发展。不要去哭诉一个"公司垮掉"的故事——没人愿意听。如果对方问:"你在原来的领域已经做得很好了,为什么不继续做下去?"你可以简单地回答,你了解到大多数人一生中会换七到八次工作,你认为这并不是突然走了弯路,而是事业的升级。或者说,是一种提高。

## 972.

不要在面试中询问薪水和福利情况。这是一个很严重的、无礼的、糟糕透顶的错误,因为这会让招聘经理对你失去兴趣。

不要总以为自己会应聘成功,这会使你看上去愚蠢而幼稚。不够老练也是一个致命的问题。要记住,你必须首先使招聘经理相信应当录用你。

在被录用之后,一定要同公司谈工资和福利的问题。在招聘经理宣布雇用你之后,你再提出这个问题就非常自然了。

**973.** 不要在面试过程中诋毁他人。你应当使人相信你是一个具有团队精神的人,而不是一个自私阴险的家伙。如果你把竞争视为一种战争游戏,那么你将很有可能被淘汰出局。谁都不喜欢一个爱惹是生非的人。大多数公司都有他们想要开除的人。

**974.** 面试结束之前,问一下面试官对你的工作能力还有什么疑问。如果他提出任何问题,真诚地、认真地阐述一次。再次使面试官相信你就是这个职位的最佳人选。要面带微笑,表现得乐观向上、满腔热情。不要提出任何问题(即使你心存疑问)。如果公司录用了你,那时你可以寻求一些帮助以提高你的技能。

在面试官按照预期时间打电话通知你这个"重要消息"之前,给公司打个电话问一下他们是否存在什么疑问,并表明你十分愿意为他们做答。利用这次机会,重申一下你对这份工作的兴趣,告诉他你相信自己非常适合这份工作。不要担心他会认为你过于自信。如果他录用了你,你会知道他欣赏你这种先发制人的做法,而如果他没有录用你,那么让他认为你是个积极进取的人又有什么关系呢?

问一下面试官他认为什么时间能够做出决定,以及你何时会收到通知,但不要用下命令的口气。这种"态度"会发出一种很糟糕的信号,你的简历或许在你走出大门之前就被当作垃圾扔掉了。

**975.** 把注意力放在工作本身和如何得到聘用(而不是钱)上。如果在整个面试过程中你的眼里只有钱,每句话都离不开钱,别人会感觉你不可救药或者唯利是图。不管怎样，与那些很少强调工资底线的应聘者相比，你会相形见绌。如果你被录用而又对薪水不够满意，你可以向公司提出更高的要求。公司有可能给你加薪，也有可能不加，但是如果你没有提出要求的话，公司是绝对不会给你加薪的。很多公司都会给某个职位定出一个工资浮动范围，而最终的工资标准一定会在这个范围之内。试着去协商一下是可以的，但不要因此而闹得不愉快，以免原本到手的工作付之东流。

**976.** 要时刻牢记"四大要点"：公司根据应聘者的态度、能力、才智和经验来选拔人才。要表明你愿意并渴望从事这份工作，而且将配合自己的工作小组和公司来完成任务。你的工作经验体现着你在以往的工作中获得的行业技能和本职技能。才智是你跨领域学习和运用知识的感知能力。所有这些都是面试官要观察的东西。如果他认为你在这些方面有所欠缺，即使他是错的，他也不会录用你。其中最重要的是态度——你对于工作和公司的热情会给面试者留下非常深刻的印象。最起码：要想应聘成功，你必须使面试者相信你希望从事这份工作，能够出色地完成工作任务，你将不断学习和成长，将会为公司作出贡献。

**977.** 不要告诉招聘经理该怎样做。某主管说："当我把一份申请表递给某人让她填写时，她拿出一份简历，交给我，然后说我所需要的信息都写在上面了，所以她也就不需要再填写申请表了。我很讨厌这样的人。她也不想想，做决定的应该是谁？"

**978.** 不要试着掌控一切。某招聘经理说："有的人会提前半小时就过来，希望面试马上开始，这让我十分反感。另外有的人会比预定的时间来得晚——这更要命。当然，最糟糕的还是应聘者根本没有准备简历。"

# 第二十九章
# 简历奏效——潇洒离开

不管你相信与否，离职也是一门艺术。你能够狼狈而逃，也可以潇洒离开。设想你求职顺利——寄出了一份出色的简历，赢得了别人的关注，并最终得到理想的工作。但是你现在面对的是一生中最最不安的时刻——你得走进老板的办公室，宣布你将要离开。

对于大多数人来说，这是一个心潮澎湃的时刻。你会感到紧张。你不希望放弃自己擅长的工作以及与你共事的好朋友。对于去从事另一份工作，你怀有一种复杂的情感。与此同时，改变工作是个好机会——或者至少你是这么告诉自己的。感到恐慌，没关系，这本来就是一个令人恐慌的世界。

怎样才是离职的最佳方式？在这里，我们为你介绍一些技巧，掌握了这些技巧你就能优雅地迈出公司的大门——而且你还能够拥有这样一种自信，你目前的主管或许还会给你写一封不错的推荐信。

*979.* 接到聘用通知以后，在你上班的最后一天，递上一封简短的辞职信。向老板给你这次工作机会表示感谢，并祝愿他取得成功。

*980.* 不要把辞职信写得过于详细。没有必要在其中写上你离职的原因。一定要提前两周通知你的上司。

**981.** 当你呈交辞职信的时候,要表现得专业一些。要彬彬有礼,不要过河拆桥。不要因为自己要离开,就抓住机会向主管表示你对他及公司的不满。保留你原有的名声走出公司的大门,这是你最重要的资本。

**982.** 如果有人问你为什么辞职,你可以这样告诉他:"我辞职是为了追求其他的机会。"不要让你的主管将你带入困境。他可能会问你一些将来会在工作上困扰你的事情。你为什么要告诉他呢? 既然要离开了,就不要详细地透露关于同事和主管的事情。要记住你辞职时所做的任何负面评价都有可能在后来困扰你。

**983.** 要知道你递交辞呈的那个人或许就是接下来要为你开介绍信的人。不要让他对你辞职的方式产生反感。要表现得大度、公正、充满敬意。如果你想让你的主管为你开一封介绍信,不要在递交辞呈的当天就提出要求。还是等上两天吧。假如你知道你的主管一点也不喜欢你,或者绝对不会为你说什么好话,那么就不要让他给你开介绍信了。

**984.** 辞职以后,就不要再在工作上拖泥带水。假如你继续工作,就好像你会留下。你要确保自己没有留下任何零碎工作,这些工作日后会成为人们议论你的把柄。某些患上"辞职综合征"的人会变得慵懒而粗心,这样会很自然地引起主管和同事的反感。

**985.** 如果你是由于某人打你的小报告而不得不辞职时,问一下你的上司打算怎么给你写介绍信。他或许会说他只会解除你的职务和合同期限。然而,在将来的工作面试中,很有可能会碰到"为何离职"这样的问题,因此问清楚他是否会在介绍信中写明你是被开除的。如果你能在公司中找到其他的介绍人,那么就请他们帮忙,从而避免这个上司有可能造成的麻烦。

**986.** 如果碰巧其他某位职员在你离职之前也要离开,不要对他说暗讽的话。某公司老板曾说起一个职员,这位职员以公司全体员工的名义在同事的纪念卡上这样写道:"真不公平!你竟然比我提前离开这个差劲的地方!"老板是不会在他的介绍信中写什么好话的。

**987.** 假如你的主管拒绝为你开介绍信,或者其他起推荐作用的信函,那么问一下他是否能给你开一个就业证明。一般来说,公司的信头就已经能够说明这一点了。法律规定:你的前单位除了为你证明你曾做过的职务和工作时间以外,没有义务为你证明其他任何东西。此规定原本是出于对雇员隐私保护的考虑而作出的。这样对于雇员工作表现的说明就被省略掉了。所以你的前任上司不需要透露任何的此类信息,但是你可以自己来解决这个问题,写一份工作期间的工作表现说明,然后把它寄到人事部门经理那里以待审阅。这样障碍就排除了。

**988.** 假如你的工作根本不是招聘经理之前所描述的那样,而你因此打算离开,那么辞职时对于这个问题的争论不会带来任何改变。在你被其他公司录用而换了工作之后,你可以提出这个情况,但是现在,你的问题在于是选择离开还是留下。求职时,你可以告诉未来的用人单位,在你最初面试的时候,前单位对于工作情况的描述并不属实。可是对于你的话,面试官有可能信,也有可能不信。

## 作者简介

黛安·史丹佛(Diane Stafford),美国作家,企业家,编辑,著有六部非虚构类专著《生活大全傻瓜书》(Potty Training For Dummies),《偏头痛傻瓜书》(Migraines For Dummies),《性病百科》(The Encyclopedia of Sexually Transmitted Diseases),《30 天战胜焦虑》(No More Panic Attacks:A 30 – Day Plan for Conquering Anxiety),《婴儿起名四万招》(40001 Best Baby Names)。其中前四部作品是与其女儿谢奎斯特(Jennifer Shoquist)合作而成。

史丹佛也从事书刊编辑和商业文件拟写工作。同时她还是五家杂志社的主编,两家杂志社的所有人,并且曾在多家杂志上发表过大量文章。她曾以最优异的成绩获得萨姆休斯敦大学文学学士学位。史丹佛居于加利福尼亚州纽波特海岸,是一名自由撰稿人兼自由编辑。

作者还著有《人际关系与成功》(Networking to Build Your Success)一书。她还是一位特邀演讲人,多家专业机构和大学都曾邀请过她,也曾在多家电视台和广播作过演讲。